大展好書 好書大展

大展好書 好書大展

文學叢書7

陳長慶作品評論集

艾翎 主編

編輯的話

艾翎

這本《陳長慶作品評論集》，共收錄了十一家十九篇（詳細資訊見文後），與陳長慶有關的文章，爲了湊個二十的整數，又追加這篇「編輯的話」，就算是「背景說明」吧！

本書所收錄的文章，是以小說評論爲主：陳長慶的前四本書——《寄給異鄉的女孩》、《螢》、《再見海南島・海南島再見》、《失去的春天》各有兩篇評論，剛連載完、尚未出爐的《秋蓮》則只有一篇、早期的短篇小說〈窄門〉、〈整〉各有一篇「袖珍型」的短評；金筑的〈玩票的詩情〉是一篇詩評、針對陳長慶甚少涉及、橫跨廿四個年頭的兩首詩——我戲稱它們是詩頭詩尾——做了深入的解剖；以份量、篇幅而言，復出江湖後的作品，才是本書的重心。

除了十二篇書評外，在（附錄）的七篇文章中，有五篇是陳長慶作品集的序文，和一篇早在民國六十年間由朱星鶴執筆，刊載於青年戰士報新文藝副刊的訪問記、一篇出自楊樹清，遠從加拿大英屬哥倫比亞大學傳來的回響；您想，如此的前後三十多年、遙隔近萬公里的組合、如此的「古今中外、共襄盛舉」，莫非隱藏著老祖宗「世界大同」的涵意！

由於評論文字的較具陽剛性，常是「就文論文」，以針對作品本身為主，講作品的多、描述作者的少；儘管古人盡說些「文如其人」或者「人如其文」的話，畢竟文是文、人是人；所以納入了附錄這些比較「仁」性的文章，希望您有個比較，可以見文是文，見人是人；甚至可以去推敲究竟是人似文、抑是文似人？是書裡似人，還是書外似人？或者根本裡外都不是人？（一笑！）

繞了一個大圈子，無非是要告訴您：我們如此設計，附錄了這七篇文字的目的，是希望能幫助您從另一個角度去透視陳長慶，絕對不是編者偷懶或取巧，更不是爲了「充胖子」，希望您會認同。

如果您同時看了陳長慶另一本新出版的散文集——同賞窗外風和雨，清楚陳長慶的一番用心；

如果您聽過深埋在陳長慶心裡的吶喊，希望保留文學陳長慶的完整記錄——出版他的文學全集；

我們很樂意「借花獻佛」，藉此書的出版：

提供一個更全面性的文學的陳長慶。

	作者	刊出日	題目——含副題
一	凡夫	630701	評介《寄給異鄉的女孩》——兼談文藝創作的幾個小觀點
二	鄭邑	620704	鄉野的作家——讀《寄給異鄉的女孩》有感
三	白翎	851110	從《螢》的書中人物探討陳長慶的悲劇情結

四　謝紹文　620913　主題・題材・技巧
——《螢》讀後
五　白　翎　851125　探討〈再見海南島〉的寫實性懸疑性和道德觀
六　謝輝煌　851129　沒有結局，便是結局
——陳長慶《再見海南島・海南島再見》讀後
七　白　翎　860325　感恩憶故人　髮白思紅粉
——初讀陳長慶的《失去的春天》
八　白　翎　850627——0704　因爲眞實感　所以引人注目
——論陳長慶《失去的春天》之『人物篇』
九　謝輝煌　870620　一水關山路迢迢
——陳長慶《秋蓮》讀後
十　谷　雨　621001　〈窄門〉所表達的社會問題
十一　凡　夫　631201　談陳長慶的〈整〉
十二　金　筑　851226　玩票的詩情
——兼評〈慈湖行〉與〈走過天安門廣場〉

十三　孟　浪　610601《寄給異鄉的女孩》序

十四　黃振良　851031 回首來時路

——《寄給異鄉的女孩》增訂三版代序

十五　凡　夫　851218 頹廢中的堅持

——《螢》再版代序

十六　張國治　851210 時光並未走遠，仍在我們的記憶及文字中

——序陳長慶《再見海南島・海南島再見》

十七　林怡種　860628 走過艱辛苦楚的歲月

——序陳長慶《失去的春天》

十八　朱星鶴　601220 太武山谷訪舒舒

十九　楊樹清　851110 明月幾時有

——寄陳長慶

目錄

編輯的話／艾翎　001
評介《寄給異鄉的女孩》／凡夫　009
鄉野的作家／鄭邑　031
從《螢》的書中人物　039
探討陳長慶的悲劇情結／白翎
主題．題材．技巧／謝紹文　047
探討《再見海南島》的　053
寫實性、懸疑性和道德觀／白翎
沒有結局、便是結局／謝輝煌　065
感恩憶故人　髮白思紅粉／白翎　075
因爲眞實感　所以引人注目／白翎　087
一水闈山路迢迢／謝輝煌　141

〔窄門〕所表達的社會問題／谷雨 151
談陳長慶的〔整〕／凡夫 155
玩票的詩情／金筑 159

附錄

《寄給異鄉的女孩》序／孟浪 173
回首來時路／黃振良 177
頹廢中的堅持／凡夫 183
時光並未走遠，仍在
我們的記憶及文字中／張國治 191
走過艱辛苦楚的歲月／林怡種 215
太武山谷訪舒舒／朱星鶴 221
明月幾時有／楊樹清 225

評介《寄給異鄉的女孩》

——兼談文藝創作的幾個小觀點

凡夫

做為一個文藝創作者、或者是愛好者、評鑑者，學歷不是絕對必要的。首先，他們必須有一顆「赤子之心」。文藝是心靈的創作，心靈的感受，不同於一般價值行為；這並不是說文藝和價值扯不上什麼關係，而是說文藝的價值，不同且重於高於普通的價值涵蓋。正如物質與精神同是文明進化之鑰，而兩者之間在本質上又有迥然之異。一顆赤誠純樸的心靈，仍是通往文藝王國之道；是打開文藝之園的鑰匙。作者有了這把鑰匙，才能窺見人性、發掘人性、表現人性，察人之所不能察，道人之所弗道。如此而從遠處，從微處，以特有之觀察敏銳力，發掘真理、引導時代；讀者有了這把鑰匙，才能邁入文藝之園，去見「宮室之美」，與作者做心靈的交流與共鳴，共同開發文藝之園。以作者之提供、讀者之感受、評者之推敲，互琢互磨，相輔相成，共營文藝花朵之綻放。

其次，經驗、磨練與文藝素養，也都是文藝工作者必須的要件。「文藝是人生的縮寫」，是人類社會的映像。文藝所要表現的人生，從外在的行為到內在的意識、從具體的描繪到抽象的剖析、從觀念的表達到精神的呈現；其中的每一過程，無不與經驗相揉合，或吸收自現實生活的察識。所以，生活經驗的累積、超凡的洞察能力，對事物的特殊感受，都是有意於文藝工作者——作者、讀者、評者——所必須具備的「文藝嗅覺」；而這些「文藝嗅覺」卻須植根於平日，由一點一滴中逐漸的培育養成。文藝是很實際的，有一分東西才拿得出一分貨色，缺乏「根」的假文藝，根本就無法通過讀者的法眼。有意從事文藝的文友們，及早培育你的文藝素養和「文藝嗅覺」，才是最可靠的本錢。

1

《寄給異鄉的女孩》是陳長慶（舒舒）的第一本集子。內容分為散文、小說、評論三部分，各收集了十篇，加上孟浪的「序」，朱星鶴的〈太武山谷訪舒舒〉及作者的〈後記〉，共有三十三篇文字。

這本初版賣得一本不剩的集子，給了陳長慶一個無與倫比的鼓勵。不僅本書正在再版中，而且他的第二本書——《螢》（長篇小說）也早已問世了。我手上這本《寄給異鄉的女孩》，還是他在書堆裡七翻八攪才找出來的「孤本」。這樣的成績，不僅他興奮，朋友們更替他高興。尤其可貴的是，它不僅僅是一項記錄，更是對「學歷」「文憑」挑戰的勝利。當時的這種勝利，實在給後來者無比的勇氣，掀起了一陣金門青年作者踴躍出書的熱潮。這些情形，在序文、朱文、後記中，都有了詳細的報導，我不想一再贅述；只提出作者的一句真心話——書，雖然只是文字與文字的累積，但我的書，卻是淚水與淚水所凝組成的——就不難了解作者在創作歷程之中，所付出的心血、淚水與代價。因此而有了如此成就，這總是「字字皆辛苦」的血汗代價；的確，他所付出的一切，絕不是三言兩語所能道盡的。所以，他品嘗到的「收穫的喜悅」，多少也稍能償還其辛苦耕耘之苦了。

在全書一百九十三頁，大約十萬字之中，小說約佔了三分之二的篇幅，評論約佔五分之一，其餘為散文。由於各類均為十篇，這長短完全是由於文體表現差異而形成的。下面是筆者個人就這本文集的三輯——散文、小說、評論——的一部分感想，更藉以請教高明。

2

收集在這本文集的十篇散文，它們的共同特色是——簡潔凝鍊。

除了〈秋風——譜成底戀曲〉是較含有小說味道的，其餘九篇都沒有超過一千字，大多在五、六百字之間，最短的〈星夜〉只有二百六十五字，而且是含標點符號在內。這一特色正合乎了文學的「經濟」的原則，尤其是物質愈文明、工商愈發達的今日社會型態裡，在「時間就是金錢」，人們幾乎少有「閒」功夫，花在沒有顯著效果的事情上（此所以物質文明與精神文明脫節，金錢被「臭」，有錢被「俗」化，而精神病患日愈充肆之癥結所在），所以，讀者歡迎的不是冗長繁瑣、煩言贅詞的無病呻吟，而是乾脆淋漓、簡潔凝鍊的精緻短文。儘管，長短文各有它的優劣特色存在，這種精鍊短文的發展趨勢，與其說是適應讀者的客觀條件需要，毋寧說是現代乃至未來文藝所走的自然方向；的確，文章是千古事業，在時間無情的淘汰之下，必須棄雜去煩。做為一個文藝工作者，應當在寫作上建立此一觀念，精化自己的作品，以求提高作品的水準，也能適應大眾要求。當然，這種「精化」的要求是絕對的向上提昇，而不是妥協式的，諸如：「迎合」、「低姿勢」的「反向」屈服。

在觀念上，我們還須密切關注的是，「精化」不是字數的簡化、不是段落的剪接，更不是內容、情節的刪減，這類「斷章取義」的處理方式，不但不成為「精化」，根本上是與「精化」背道而馳的；所謂「精化」，消極的是「作品質量的濃縮」，不僅不影響作品的質量，反而要使作品更加濃郁；積極的是「作品價值的提昇」，使作品除流行性外，能兼顧文學性。在濃縮中，質地不受影響，在昇華中，作品的精神、觀念、內涵：：：等均在「前進」之中。這廣義的「前進」，才是「精化」的精神所在。

在陳長慶「曇花一現」的散文創作歷程中（見序文），自然不能要求他一定要有「千古絕唱」，有些人甚至創作了一輩子，也未必能有怎樣的佳作。倒是陳長慶那篇短小精幹的〈星夜〉，我個人是很欣賞的。那是一篇用詩的語言寫成的散文，這種類型的散文，比較容易給人一種清新舒暢，欲言又止的喜悅，〈星夜〉也不例外。另外，〈公園〉、〈那朵雲〉也都是屬於這種「詩化的散文」風格，這可說是本文集的第二特色。

至於那篇〈秋風——譜成底戀曲〉被歸在屬於散文的第一輯，我個人是覺得有待商榷的。因為「秋」文大體上已經具備了小說的芻形，就內容、主題而言，它歸入第二輯的小說是說得過去的。再說，它與〈蛻〉、〈雨天，我想起：南方來的那姑娘〉有相同的背景——對古老「三八」陋習的討伐；個人的推測，可能是他的散文寫作較短、作品較少的原因，有序文為證——「創作散文在陳長慶追求心靈意識的過程中，可以說僅僅是曇花一現，很短的時間，他就從事小說的創作了」。

從這九篇散文中，我們可以體驗出文字精化的效果，對於有志散文創作的作者而言，實有必要樹立自己獨特的風格。現在，許多具有散文創作優異條件的作者，都「更高一層樓」地寫小說或詩，或者歸隱山林去了。於是，散文園地成了一批批新面孔的交棒史，他們把散文創作當做進入文藝花園的起步，卻又急於擺脫這項自以為是「初級」的出身階，去好高騖遠，去追求自以為「高一級」的詩、小說。這種偏差的觀點，造成若干天才的早夭，不僅是文壇難以彌補的損失，也給關懷文藝者很深的傷憾。不可諱言的，我們讀者對小說、詩的喜愛、評價與鼓勵，是遠超過給於散文的；對於仍以散文為主力的今日金門文壇，實在有適度的關懷及鼓勵散文創作的必要。

3

小說是反映社會、記錄生活、表現人生的。

不久以前的金門，流行著一種極其惡劣的「三八」婚姻制——八千元、八兩黃金、八百斤豬肉。因而，金錢成了愛情與婚姻的前鋒。曾經，多少青年男女都身受其害，多少人間美事被阻撓，多少佳偶良配未圓滿；目前，這種以「聘禮表彰門第，多多益善」的偏差觀念，經政府的疏導、社會的檢討、人們的交相指責、和許多血肉交織的慘痛事例下，這種「嫁女若賣女」的惡俗，幾乎成為歷史名詞了。

陳長慶在其作品中，對這種惡俗，曾一而再、再而三、全力「鳴鼓而攻之」。在全文集的十篇小說及那篇與同輯散文風格迥異的〈秋風——譜成底戀曲〉的十一篇中，內容涉及「三八制」的計有：〈秋風——譜成底戀曲〉、〈蛻〉、〈寄給異鄉的女孩〉、〈雨天，我想起：南方來的那女孩〉四篇，佔了不小的比例：甚至他的第一本長篇小說——〈螢〉——也對這項惡俗有所聲討。因此可見，陳長慶對「三八制」的厭惡，已經到了深惡痛絕、無以復加的地步。

其次，以「車掌小姐戀情」為主題的小說，也有〈冤家〉、〈褪色的愛〉、〈烽煙下的杜鵑〉三篇，及以公車的主體的〈巴士上的諾言〉。這些小說的靈感都是來自公車，或許由於作者曾是公車的常客，而車上則是沉思的最好場所，自然而然就成為創作的搖籃，孕育、構思、表現出這種類型的主題了。

在這兩大主題下，作者反覆地申述他對惡俗的不滿和對現實的幻想。一方面抨擊不合理的「三八制」，發出理性的吶喊，努力地想用道德和人性來感化「嫁女若賣女」的不正常風氣；一方面又以孤軍奮鬥的精神，全力抵制，正面攻擊這項令人髮指的不良習俗。所以，他的小說主角都具有特出的奮鬥精神，在艱苦惡劣的環境，造成「力」

的表現，不管如何不利，陳長慶的筆下，只有斷腕的壯士，沒有自甘服輸的屈服；正如他在真實環境的體驗，沒有弱者的屈服，沒有失敗的氣餒。當然，挫折是免不了的；如果你跟作者一樣，把挫折當做一個進步的歷程、一種經驗的獲得，那麼，挫折也就算不了什麼了。

〈秋風——譜成底戀曲〉也許是作者於散文與小說之間的過渡期作品，雖然具備小說的芻形，在結構、情節上都顯得「不夠成熟」，尤其是對白，特別的「散文」化，若歸入散文，又與其他九篇散文「內外迴異」。同樣的素材，在〈雨天，我想起：南方來的那姑娘〉中，顯出了迴然不同的氣息：故事情節在很自然地狀態下進行，看似「風平浪靜」，其實卻完全是「暴風雨前夕的寂靜」，在臨爆點的衝擊下，作者藉一個「腰骨挺直」的陳康白，對「三八制」作最嚴厲的詰問與譴責，然後「走了」。不是逃避，而是對惡俗的唾棄，他用「寧為玉碎，不為瓦全」的態度呈現他的價值觀念；不是「純報復」或「視感情如兒戲」，沒有親睹或經驗過惡劣習俗遺害的人，絕無法體會「劣俗猛於虎」的沉重。所以，如果有人把陳康白的反應當做「見異思還」、「純金錢的愛情」或「負情」來批論，那就與作者的想法南轅北轍了：我無意在「愛情」或「價值觀念」方面做太多的辯異，一種「價值觀念」的差異或者「代溝」的差距，並不是三言兩語可以交待清楚的。陳康白那句「老伯，說句不客氣的話，你女兒是嫁給我，不是賣給我啊！你若承認說是賣給我，哪對不起的很，我陳康白可買不起你家大小姐。」實在值得玩味，雖然已久未再聞有「重聘」之說，仍值得為人女「父母」而欲「待價而沽」者戒。

另一篇〈蛻〉雖涉及「三八制」，但未深入探討，且論及早年的另一不正常風氣——少女的留台夢。那又涉及更深更廣的價值觀念的問題，原本是一個可以好好利用與發揮的題材，但作者並沒有往這方面發展，也沒有此類題材的他作，實屬惋惜。在〈蛻〉文中，作者除表彰一個沒有學歷的孩子之奮鬥史，藉一頁醜惡的貪污，一顆愛慕虛榮的少女心，再用「三八制」衝突、人事調動的巧合及一次意外的車禍，作者製造了連串的高潮、引導情節所費的功夫，可以說是達成了預期的目標。但是，在時間的安排，卻顯得鬆懈甚至是脫節了，尤其在第五節跨越了太長久的時空，在表現上有了的漏洞；這漏洞並不是錯誤，而是「未及兼顧」造成的結果。再者，在全文之中，特別是每節的開始，幾乎都以時間開頭，這是可以商榷的方式，還好這種「現象」並未在其他篇章出現。在佈局上，作者最後給愛慕虛榮的「婦人」一個「創新」的機會，其中含有相當程度的憐憫意味，雖「落入俗套」，卻能「皆大歡喜」；否則，又要再一次背負「刁難」、「落井下石」嫌疑了。

再者，談到以車掌小姐戀情為主題的三篇：〔冤家〕以劇情見長，〔褪色的愛〕很沉，而〔烽煙下的杜鵑〕卻是完全不同的另一風格。比較之下，我欣賞〔冤家〕，因為它在情節安排上比較輕快曲折，容易吸引讀者的注意力，形成共鳴；且高潮迭起，巧合連連，神話似的傳奇，無一不引人入勝的。尤其，對白自然流利，表情描述歷歷在目，十足展現出作者那分爐火純青的傳神功夫。刻劃一個「甜甜而略帶幾分傲氣」的天真的千金小姐，陳長慶已塑造出了一個典型。以人物刻劃的觀點而言，〔冤家〕是文集中的最佳小說：當然，輕快的筆調、曲折的情節、傳神的巧合，都有「綠葉襯紅花」之功。這也正說明，一篇好的小說，不只是某單一方面的成功，而是靠全面營造的效果。本來，喜劇性的故事就比較容易於討好讀者，再加上趣味橫生的措詞，從頭到尾那種「快拍子」的節奏，極富音樂感；緊湊的劇情沒有「拖棚」的悶場，無不給予讀者連串高潮的「快感」，集若此優點，豈非佳文？

〈褪色的愛〉跟〈冤家〉正好有一百八十度的差異：它是悲劇的、冗長的敘述，太多的人物，及低八度的沉悶情節。本來，悲劇若能掌握得法，是很能「震撼」讀者而引起「高度共鳴」的：使讀者全心投入，而置身情節之中，與劇中人物感情之喜怒哀樂相揉合，邁入「劇人合一」的境界；而喜劇雖易於討好讀者，終究是沾了「娛樂」成分的光。就寫作本身而言，喜劇好寫，悲劇難刻劃；成功的喜劇不難，感人的悲劇就大不易了。作者也體會出心理描述在悲劇作品所佔的份量，所以用了許多的心理分析的語言，在那「獨白式」的表現方式下，使情節特別的低沉，給讀者一個低氣壓似的煩悶的感受，而格外顯得不協調。我想，如果能把這些心理分析改用其他方式表現，而不用直敘的話，效果也許會更加強些，諸如：對白、特殊事件、下意識的反應等。此外，人物太多，也分散了部分劇力。短篇小說限於篇幅，無法刻劃太多的人物；與其無法表現，倒不如將小說的人物做合適的調整，讓每個出場的角色，都有一份屬於自己的個性；正如國劇的每類臉譜，都代表著一種典型，每一個角色，作者都須賦予生命與職責，這是小說人物描繪的原則。否則，太多而不恰分的龍套，會「喧賓奪主」的。同樣的道理，在一篇小說中，每個事件都具有其完整的「來龍去脈」，不論連續情節或預留的伏筆，完整的佈局是很要緊的。這不是說要對讀者交待得一清二楚的，常常，懸疑的結局，讓讀者去決定劇中人物的命運，也是別有風味的；而作者只須提供足夠的相關資料，或者是暗示。

〔烽煙下的杜鵑〕的女主角雖是車掌小姐，但她的職業對整篇小說未構成直接的影響，它的主題在描述一個「杜鵑瀝血」的苦命少女，及一個致力於寫作的青年：講他如何開創自己的寫作生涯，講她如何在成功時點醒他、失敗時慰勉他的故事。內中那句「在車上各形各色的人物都有：：你可以用你的想像力，在其中找到新題材。」倒是作者的體驗，也是幾篇作品的背景。他用日記的方式寫小說，是很有利的選擇，不但易於控制全局，運用自如，更利於情節的剪接與發展。

〈巴士上的諾言〉在描述人們錯誤的「職業歧視」觀念。除了結局，全篇都在公車上進行，是唯一較特別的地方，但其他方面表現平平，並沒有很傑出的成就。〈祭〉則揭開茶室侍應生的「悲慘世界」，在那小小的房間裡，去區別人性與獸性，結局用解脫來維護顧客無意遺落底種子的心靈；在這裡，作者從微小處，發掘人類可貴的母愛——一種迥異的愛的方式。〈舊情〉和〈蛻〉一樣，在小說的時空方面，有了很大的漏洞，而且有些「生硬」與「不夠成熟」。〈無聲的祝福〉描寫一對非親生兄妹的手足之情，整個故事情節平鋪直述，沒有特地製造的高潮與懸疑，是一篇比較「散文化」的小說。由於篇幅的關係，上述四篇小說就此帶過，而多談些《寄給異鄉的女孩》——

這本文集的主題小說。

〈寄給異鄉的女孩〉原本發表於《金門月刊》創刊號上。大約是五十七年夏秋季的作品。是篇「書信」體裁的小說，在一封信裡，有情節有佈局有濃郁的情感；說是小說，也許會有人不以為然；事實上，它的情節與佈局和小說是相契合的。全文是以雨為經：由金門的雨——臺灣的雨——金門的雨貫串整篇小說；一個叫做「梅」的異鄉女孩則是小說的緯，如此交織而竟全篇。雨，在陳長慶的創作中，是經常出現的。或許他習慣於雨天寫作，或者雨天才是真正屬於他的假期，或許是雨給予他較多的靈感。正如：「時間是一切計算的重複者」及「在一位小姐面前裝啞巴，那是世界上最嚴重的懲罰」兩句話，反覆出現在各小說裡一樣，這或許解釋為生活經驗的缺乏——在〈烽煙下的杜鵑〉文中，作者曾如此自認。

本文或許是專為《金門月刊》而寫的，作者在有意無意間，不斷地展現著金門的各項進步與發展；並不斷地在臺灣——金門之間並列對比。諸如：梅純樸的問候與金門的樸實民風；擁擠交通的危險與金門如小石頭般的落彈；臺灣的豪華戲院及金門的「擎天廳」；已被改良的「三八制」與臺灣「大餅」聘禮；最後連梅的終身大事也在同學、同事與戰地之間，選擇了後者——而梅與作者（暫如此稱）不過是五年異鄉、異地、異親、異戚的情誼，且未曾謀面。如此可說，或許算是屬於「神交」或「道義之情」吧！

藉一趟旅臺之行，作者攜回一份令人滿意的堅決答覆，再報以等量敬意的盛情，這未必是古老的傳奇故事。這是一份值得珍惜的「沉默之愛」。誰說過：「掛在嘴邊的愛情，不是真正的愛情。」在這兒，作者為我們驗證了這句話。全篇文字不見一個「愛」字，卻到處皆有充實溫馨的情意，這氣氛方面的營造，作者是費了一番心力的。如果把〈寄給異鄉的女孩〉當做一篇成功的佳作，本來我不以為然，一度我曾懷疑作者為何選它當做主題小說，甚至認為它不夠格當主題小說。後來，三番兩次澈頭澈尾的品嚐，咀嚼，才發現：它是蠻耐讀的。也大致能夠接受作者以它為主題小說的選擇。

在陳長慶早期的小說創作中，雖還稱不上是完整的成功。這本文集卻正好展示了一個作家的成長歷程。我以為最遺憾的是：作者竟以題目長短編排，而不以創作先後排列。正如評論部分全用規律化的「評×××」一樣的給人遺憾。如果再版來得及重排次序改以創作年次排列，讀者將更能深刻看到作者的成長，而引起更深入的共鳴。

4

《寄給異鄉的女孩》這本書的第三輯是十篇書評。評介散文、小說也不過是「我的第一步」，和大膽的嘗試，如果要評「書評」，是有點不可思議。一直地，我都是如臨深淵、如履薄冰地競競業業，唯恐稍有不慎，則刀光劍血臨身矣！更怕扯出連原作者都想不到的「妙論」，變成在「蓋」讀者，那豈不要吃不完兜著走了！不過，我願重錄孟浪君在序文所說的：

他（陳長慶）的評論比小說好，小說又比散文好。

換句話說，他的散文不錯，小說更好，評論更更好。對此觀點，尚無法用「寄給異鄉的女孩」這本文集加以驗證。加上手上沒有陳長慶的完整的作品資料，所以實在無法徒然地贊同或異議，至少在初步的印象中，我還是有點保留的。

我一直堅信，評鑑在文學王國裡是極其重要的一環。作者創作、論者評鑑、讀者共鳴乃文學殿堂的三支大柱，缺一不全。而這創作－－評鑑－－共鳴是相輔相成的。作者寫好作品、論者介紹好作品、讀者欣賞好作品，乃是一貫的、且十分完美的事。據此觀點，個人願提出兩點說明：

一、作者應本著「大海納百川」之量，摒棄「敝帚自珍」的自信（自滿？），重視他人的看法與意見，即使不同意，也必須基於不同的觀點立場，設身處地，給予應有的尊重。我們寧願相信大家都是基於善意的，敞開心胸，避免做意氣之爭；即使是苛求，我們也都知道「愛之深，責之切」的道理，也只有更高的要求，才能不斷地提高品質。這雖然只是一些老生常談，但能「聞過則喜」的有幾人？

二、讀者應有要求更好作品的觀念：欣賞的本義應擴及廣義的吸收優點、檢討缺點。如果讀者安於現狀，輕易滿足或不加理睬，那會傳染作者而形成「進步停頓」的平原期，甚至走下坡。那樣，對讀者、對作者都是百害而無一利的。

那麼，讀者應如何為茂盛文藝花園而貢獻一已之力呢？

首先，要把自己最直覺、最真實的感覺告訴作者。我們且假設：作者都是時刻在期待讀者對他作品的反應。事實也是如此。那麼，讀者的反應，對作者而言，將是一劑興奮劑，一劑進步的催化劑。接受到讀者的意見，肯定是作者最引以為榮與期待最殷切的事，讀者們，您認為呢？如果你的一個意見，可能會催化出一個好作家，我想您會樂於提供您的感想的。

其次，把您的看法和意見告訴編者，也不失為上策。編者一方面可以替您把看法轉達給作者，更主要的是：編者掌握了作品的發表與否的「尚方寶劍」，他的依據是什麼？相信您也知道，至少不是他個人的好惡，而是讀者的反應。這是市場需求的鐵則，讀者的意見對編者而言，是建議，更是指示。文藝的主人是作者，是編者，更是讀者。作者有提供的義務，讀者更有選擇的權利。所以，讀者應深切體認自己的地位，在文學王國的地位和影響，善於運用自己的權利，與作者齊頭併肩、一起開發文藝花園，促成文藝花園的早日開花結果。

此外，還有一個觀點，對於作者而言，是非常重要的——不以作品的發表為滿足。前面說過，創作——評鑑——共鳴是文學三部曲。作品的發表只不過才完成了全程的三分之一罷了。「行百里者半九十」，完整通過「三部曲」的作品，才是真正的作品。作者如能以此為標竿，則讀者甚幸！文壇甚幸！

5

做為文藝的愛好者，我願以讀者的身分，盡我的一分言責。本文雖是書評，但提及的觀點多於批評。這些觀點部分與「寄給異鄉的女孩」有關，有些觀點則只是有感而發，與該書無涉。不論相關與否，都不是題外話，因為文學是沒有界限的，在如此廣浩的文學瀚海之中，每個人都像是滄海一粟，不足輕重，同時也是舉足輕重的。「一花一天堂，一沙一世界」，不自負、不自卑乃我文藝界人士一本相傳之良好德性；不埋沒，不辜負此一德性，又是我文藝界人士所須自勉自反的。

林語堂曾說過：「筆如鞋匠之大針，越用越銳利，結果如繡花針之尖利。但一人之思想越久越圓滿，如爬上較高之山峰看景物然。」您以為如何？別空負了您的思想與筆尖啦！

——原載於六三、七、一《金門文藝季刊》第五期

鄉野的作家

——讀《寄給異鄉的女孩》有感

鄭邑

《寄給異鄉的女孩》一書，從後記中我體會到作者的真，沒有做作的自我表白，和那濃郁的氣息。一位文藝耕耘者，可貴的是他坦誠和勇氣，這樣才能實在的與讀者心靈相通，無可厚非的我讀它，也因作者是金門青年，人不親土親，我一口氣從頭讀到尾。

〈雨天，我想起；南方來的那姑娘〉文中，作者以三個段落敘述，與南方來的那姑娘邂逅、相識、分手。全文以朦朧的霧象為襯，暗示著年輕人的愛在茫然中成長、消失。它不是主題而在陪襯一個故事——傳統劣習下的悲劇，作者潛意識的表達在陳康白給麗貞的信——：：：至今，我才深深地體會到，一個年輕人，要趁著年輕力壯的時候，轟轟烈烈地為國家幹一番，不應該整天迷戀在情人溫馨底懷抱裡：：：最令我遺憾的是故鄉不良的婚姻陋習，雖然在政府提倡改良後完全消失，可是現在還有少數家長，不顧兒女幸福，死命的要錢，要錢。這種不良作風，是我們生長在金門子女的恥辱。：：：（希望）能目睹這不良風氣，消失在太武山峰的濃霧中——在〈寄給異鄉的女孩〉〈蛻〉可發現作者對傳統陋習的反抗。文中平敘的故事，人物對白摒棄對話式的表達，使全文更為緊湊，然而對白的文字顯得繁褥。文中一三0頁「：：目前金門正流行著奇怪的婚姻制那就是所謂八千元、八兩黃金、八百斤豬肉所組成的『三八』婚姻制」，這是以前的傳統陋習，大家都明白，重述使對話失去簡潔，有必要嗎？又一三二、一三三頁陳康白的對白，沒有口語的味道，充滿了説理，顯然的與〔巴士上的諾言〕的對白有截然不同的感受。「巴」文故事情節是，慧貞的父親堅決反對他女兒與理髮師——亞白結婚，亞白以沉重的心情去與慧貞的父親談判，在沙美往金城的巴士上，與一乘客閒聊，為理髮師辯白，而得到意外的收穫：

「我有一位女朋友，當我們愛情成熟，論及婚嫁時，她的父親就是對職業存著很深的偏見，堅決的反對女兒嫁給理髮師，他總認為幹理髮的一輩子也沒有出息。」

「她父親不讓她嫁理髮師，也許其中是有因素的。」他冷冷的略帶幾分神祕地説。

「完全沒有因素，現在已經是二十世紀了，職業怎能再分貴賤呢？也許她父親（老伯）深怕我們理髮師養不活老婆罷了。」……「何況真正的愛情，是不分貧、富、貴、賤的呵！」

「你説得也很有道理。不過，做父母的誰不希望把自己的女兒，嫁給一個可靠的丈夫呢？」他漫不經心的説。

和「雨」文一樣是一段「相親」的對話，「巴」文所表現的是具有說服力，雖然亞白還不認識他的準泰山，從作者的筆下可隱隱知道：每每對亞白的回答表情總不由已，如「冷冷的略帶幾分神祕」，「漫不經心的說」。之後，他因亞白的開導及對亞白的認識加深後，有了抉擇：

「青年人那麼性急幹嗎？我姓張，慧貞的父親與我是世交，關於婚事，你儘管放心，一切包在我身上。」他拍拍我的肩，笑著說。「包在你身上。」我不解地搖搖頭。「可是你畢竟不是慧貞的父親。」

如此的對白很口語化，讓人的感受很親切。往往許多小說對話是用筆講出來，讀起來很生澀，這個集子的作品拗口的對話很少。故事本身不一定是小說，好的小說往往是篇動人的故事，︹巴士上的諾言︺就是例子。在人物個性的描寫上，本文不很成功，不能直覺使讀者感到亞白、慧貞的父親是什麼類型的人物。在小小說的寫作上，因為文字限制很難表現出人物的個性。

〈寄給異鄉的女孩〉和〈烽煙下的杜鵑〉，可說是作者的自白，和對家鄉濃郁的愛。鄉野的作家對家鄉的感受是深刻的。整個集子裡明白表示作者的愛，為改革家鄉陋習疾呼，為炮火喪生下同胞復仇而從軍。在「寄」文中作者多次無意的緬懷在金門的家和一切：：：「家人好嗎？爸好嗎？媽好嗎？」這雖是一句平常的話，可是那不加粉飾的語氣，像戰地純樸農村一樣，令人有一種樸實的美感。：：逐使我想起遠在戰地的家，爸可否從山上回來？媽可曾備好午餐：：太久太久沒見到他們了，而當你為我夾滿一碗佳餚時，卻愈增加我對他們的思念：：。我曾試想把這鬧區紊亂的交通，和擁擠的人群和戰地做一個比較，也許被認為很危險的金門戰地要比這人擠車、車擠人的都會安全多了。

這個片段使我們深深的感到，他對家鄉的愛不時流露著。好的作品須真、誠摯、生動。不可否認的作者他表現出來了。若說「烽」文是作者縮影，我為他喝采。日記式的記敘，幾則作者內心獨白，充分表現他對文學的熱愛，創作是條艱辛的道路，誰沒有跌倒過，爬起來，前進和回頭。也曾因外界的風雨干擾，使很多人凍筆，他能勇敢地接受忠言，坦誠改正缺失，寫作並不是罪惡，罪惡就是無理戕傷作者的人。

（褪色的愛）（冤家），是車掌之戀的作品。它們有同樣的開始，在「誤會」下認識，前者因誤會而認識、誤解，整篇文章在淡淡的傷感中，充滿感人的愛情故事。有人說愛情是酸的，為何那麼多人會投進這酸的漩渦中呢？本文有很深的感悟。文中對於銘豪與淑敏的分手，交代的很含糊，會因淑敏母親的刁難造成的嗎？再看他們分手前一段對白：

「不，銘豪，請你相信我，我只有一顆心，我愛的也只有你一人。」她幌動著我的雙肩激動的說：「我知道你愛我，也會等我是不？」

「是的，等，等待是美的。我要等到有一天妳對我完全滿意為止。」我無語地搖搖頭，害怕有一天誰也不承認這句話。

「讓時間來考驗我們吧！」她說。

「是的，讓時間來考驗我們吧！」我重複著她的語氣，冷冷的說。

之後，淑敏調到金城站，一次銘豪在金城站遇到淑敏，只因淑敏身旁有陌生的影子，他們吹了，在結構情理上，我總感到不太對勁？「褪」文中，對銘豪造型寫得比其他還好，讓人覺得銘豪他有喜、怒、哀、樂的人格表現。如：

「哈：：哈：：：，機會？你今天才來為我製造這個機會。」

「不，我從來沒有懷疑過任何一個人，因為自己本身就是一種相信。只是環境不允許我有太多的夢幻。」

我攜著它走進小房，猛力地扯開塑膠袋，瘋狂似的把它散開在桌上。糖！糖！糖！——

上述幾則可揣摩到銘豪內心的激動。

愛只要曾經擁有過，它已失去。

誰該走這條路

誰該走這條路

千萬別憑藉上帝的指使。不管路途多麼遙遠，不管山路多麼險峻，我們要有自己的理想和方向：：：內心的獨白，作者對失意後的人物，以此上進的心情結語，這是戰地青年，在砲火的歷練下，對人生看法如此堅強奮發的表現。文章代表社會習性，這是定理。

在系列的作品中，我們可以發覺到幾篇不相同的體裁，有相同名字的人物，〈冤家〉的歐陽淑敏、陳亞白。〈褪色的愛〉的歐陽淑敏。〈巴士上的諾言〉的亞白、慧貞。〈雨天，我想起：南方來的那姑娘〉的慧貞、陳康白。往往看這集子的讀者，會感到疑惑混淆。當然，可能是作者在撰寫時忽略的小問題，但卻不影響到整集的成功。《寄給異鄉的女孩》一書是具有鄉野味道的集子，值得一讀。

——原載六二、七、四《正氣副刊》

從《螢》的書中人物探討陳長慶的悲劇情結

白翎

非常明顯的，《螢》是一篇悲劇故事。類似的悲壯情懷，在陳長慶的第一本文集——《寄給異鄉的女孩》中，也是同樣的屢見不鮮；為了深入探討《螢》這篇小說，與陳長慶的寫作歷程，特地把他的《寄給異鄉的女孩》和《螢》都作了一番深耕，再經過細細的咀嚼、久久的思索與深深的品味，的確是感受到一股強烈的悲壯情懷——一種

「無語問蒼天、無力扭乾坤」的無可奈何及一縷「不到黃河心不死、到了黃河還不死心」的怨氣。與其說是他對悲劇的選擇與偏好，毋寧說是他對悲劇的執著；我不敢肯定和他早年輟學的經歷是否密切相關？至少和他生長的時代背景，日常生活中耳濡目染的周遭情事，有絕對的因果關係：他筆下的人物情節，多是他眼中所視、耳中所聞、心中所思、夢中所幻的「錄影重現」。所以他的悲劇是寫實的，而且是十足忠於事實的；這也是他的作品容易感動讀者、引起讀者共鳴的主要原因所在。

在陳長慶的小說寫作裡，影響最深且遠的兩項意識因素是：學歷與「三八婚制」，而《螢》這篇小說更充分表達了他的愛情觀。當然，悲劇情懷自然不在話下。

在作品中提到學歷，陳長慶表現的是一種自謙，甚至是自卑；但在現實人生上提到學歷，倒是一種充滿信心的自豪與自傲。做為一個只讀到初中一年級的「作家」（不管你或陳長慶自己是否承認或接受這樣的稱呼，但事實的呈現是很客觀的，我們都必須認定這是鐵的事實。）不論是自謙與自豪，還是自卑與自傲，在「眼高手低」的現今社會裡，要能拿出東西來，才有立足之地；也只有拿出真材實料的憑據，才有說話的地位：以此觀點而言，自謙的陳長慶還是自傲的陳長慶，都是匯聚著滿滿的自信：我倒以為可以引以為傲，而萬萬不可自以為憾。因為，如果當初有一個高學歷的陳長慶，也並不必然有今日一個如此文藝的陳長慶。這是我見到他如此的重視「文憑主義」，而深深不以為然的另一種看法。

至於對「三八婚制」的批判，讀者可以想像到陳長慶那種咬牙切齒、深惡痛絕的模樣：不管是來自他的生活圈子，或者是第三者給予他的靈感，那都是很「金門」的！尤其是生長在那段「三八婚制」盛行時期的人們，不論親眼目睹，或是親耳聽聞到的悲慘情事，沒有不為之動容的；就算不為他們的愛情故事落淚，也該為他們卑微的生命深深地惋惜！多少融洽的親情、多少溫馨的家庭、多少醉人的少女美夢、多少應該美滿的姻緣，都被「三八婚制」澈澈底底的摧毀得支離破碎了！每一滴淚、每一滴血、每一個瀝血的心、每一個煙消的生命、還有每一個午夜夢迴、為時已晚的懊悔，絕對不是我們局外人所能體會的；如果生命可以重來，如果故事可以重演，我們仍然不知道悲劇是否會再度發生？

《螢》中的「王麗蓮」有很令人同情的遭遇——她是如此的深愛著陳亞白，而面對殘酷的命運和頑固父親的安排，又是何等的欲振乏力；何其不幸的是，她又偏偏碰到的是如此「認命」且屈膝於「傳統」更是要求完美的陳亞白：在她走進悲劇之前，居然勸她接受父親的安排；婚後分居了，還是反對她離婚；當然她更明瞭，就算是辦妥離婚，還是未必成能回到他的身邊。

至於「許麗貞」的婚姻，其實是一直在一種不確定的朦朧中進行的——一開始她是表姐的替身；即使投入了感情，她仍然有把陳亞白還給表姐的念頭；還是想退出以成全黃子芳的試探；甚至有與子芳「三人行」的荒謬想法；更過分的是臨將拜堂之際，竟然還在想「今天的新娘不該是我」的淒然。所以，「許麗貞」在「螢」中的角色，其實是她自己、表姐、子芳三人感情的綜合體，如果說：「她是代表著三個深深愛著陳亞白的女人，和陳亞白結為連理的。」也不為過。因為除了擺明了從表姐手中接收的態勢外，表姐仍然在她面前毫無保留地表現出，她對亞白無怨無悔甚至是無微不至的深愛；而子芳方面，則從子芳相簿中毫無隱瞞地披露癡愛，更從亞白的日記裡證實了子芳的一往情深；而三個女人的緊密契合，除了要強烈表達陳長慶那股「奉獻」的愛情觀外，大概沒有更好的解說了。

有關在對抗「三八婚制」的歷程中，「許麗貞」身負著陳亞白潛意識裡的期待，先離家出走後，再被脫離父女關係，幾乎是走投無路了！在「山窮水盡」的絕境中，出現如願以償與陳亞白結合的「柳暗花明」，又加上婚後侍奉翁婆、善待姑叔、家務處理得井然有序、還有熟練的農耕動作：陳長慶要描繪的是一個標準的宜家宜室的具傳統美德的更是十全十美的婦德。也許，這是陳亞白潛在的補償心理的鏡射作用，以報答她為了愛情而背離家庭的莫大犧牲與執著，尤其是替他彌補了前一段沒有作為的遺憾。

「黃子芳」是陳長慶表達「愛情是奉獻而不是佔有」愛情觀的典

型人物。那種「愛就是看著他歡笑、默默地關懷他」的純純的愛；「愛就是看著他笑，自己卻偷偷地哭；企盼他幸福，自己的心卻不斷滴血」的絕對的奉獻，絕對是令少女少男如癡如醉的。

陳亞白的「寫作第一、工作其次、愛情殿後」的堅持，使得他在感情生活中，理性重於感性；從對「王麗蓮」的「祝妳幸福」、「許麗貞」的「以身相許」、「黃子芳」的「愛情侍候」，十足的表現出他的「被動性」，也和他的「奉獻」的次愛情觀是相呼應的。所以在「螢」中，一再強調他是一位「宿命者」；其實，他是一位「無可救藥的悲觀者」，也因此對「許麗貞」與命運頑抗的偉大且傑出的表現，自然地產生「難以啓齒」的深愛與心疼。他的「無可救藥」，首先是面對「王麗蓮」被逼嫁時的那種「鴕鳥心態」，真讓人難以理解他是否懂得感情，或許根本沒有感情；其次是對寫作的執著，竟日唯恐「江郎才盡」而惶惶不可終日，明明是為「寫作難」而苦，卻鴨嘴似地說要和時間拔河；而後則是掛著「孩子教育基金」的羊頭，卻賣那「為寫作而焚身」狗肉，明明是中了那「寫作病毒」的牛角尖，倒真是表現得蠻勇往直前的；如果這是為了要突出「寫作難」的告白，那就尚情有可原！否則我真得很疑惑，像陳亞白這樣的「寫作狂」，是怎樣跳出那「作繭自縛」的火坑的？如果寫作真是那等的苦，也難怪杜甫會為兩句三年得，雖因此而撚斷白鬚無數，仍欣喜若狂！更難怪李白會笑問杜工部因何消瘦了？

讀陳長慶的小說，總有一種歷歷在目的似曾相識。與他熟悉的朋友，都不難在他的小說中，從蛛絲馬跡中發現一些他的影子；雖然他也曾在作品中，明白表達了生活圈子狹窄、經驗不足的憂慮，也一再強調埋首圖書館以自我充實的努力。當然，我們知道那是他的謙沖之風；但從他的眾多作品分析，彷彿真的是非常的「寫實」。也就是說，他確實是在作品中，相當高程度地反映了他的生活、他的經驗；嚴格的說，他的小說幾乎有傳記的高傳真感。看過他的作品後，有的朋友或許會認為他寫的是他自己、或是身遭的某一個人；這樣的作品，易於接近讀者，感動讀者，而引起共鳴；但是，對作者本身而言，就難怪陳亞白有焚膏難以繼之苦了？

在深讀「螢」的過程中，我曾被許麗貞婚後所接到母親的那一封信，深深的激動著。尤其是一位慈祥的母親，在她赴太武山「海印寺」進香回來之際，竟然從此地失去了她唯一的獨生女，且老死不相往來。我不明瞭這其中是否在暗示著什麼？但實在很難接受一邊虔誠乞福的同時，就落個骨肉相違，而她們又是一對如此心連心的母女。我總覺得她們母女就此未曾再相會，是一椿非常遺憾的事。何況，在那封信裡，還留著幾處伏筆：（一）信中母親明寫著要到鄉下去看她。（二）信尾附註了許父已痛改前非，求女兒諒解。（三）贈金為子女教育基金，國人一向有「養兒方知父母恩」的觀念，當許麗貞生產後，安排一場「母女會」，應該是順理成章的，未必就會妨礙主線的悲劇性，何況「母女連心」也會使人覺得尚屬情理之中。但是，如陳長慶要維持其對悲劇的一貫性堅持，更進一步形成他的作品風格，也是可以理解的。

原載一九九六年十一月十日《浯江副刊》

主題・題材・技巧

——《螢》讀後

謝紹文

人類追求真善美，是永恆不變的；文藝也是追求真善美，且亦永恆不變。在啓迪人生，美化人生的召示下，螢光閃耀著，引領人們通過黑暗的進程。

讀完了正副中篇連載小説——螢，我有這樣的感覺，同時，我也相信螢著的作者陳長慶先生，是一位嚴肅聰明的小説作家；由於嚴肅，螢著主題沒有向讀者賣帳；由於聰明，螢著取材和寫作技巧，不是光麵包而有可口的佐料，不是拼盤而是名廚烹調出來的純情作品。

這篇小說的大意，是敘述女主角麗貞，得自婚姻失意的表姐麗蓮，將婚前的戀人，亞白介紹給她，兩人相識、相戀而議婚，可是麗貞的父親，雖然同意這門婚事，卻開出了巨額聘金作先決條件，麗貞為了糾正買賣式地偏差婚姻，甘願脫離父女關係，毅然嫁給亞白。

從此後，這位高商畢業的小姐，挑起了忙家務，勤農作的重擔，以媳婦的身份侍奉公婆，善待姑叔，對患有絕症的丈夫，更是歷久情深，且在奮發圖存的過程中，始終以青春的熱力和逆境爭勝，去創造自己美滿的未來。

現在，我們試以主題、題材、和技巧，看看螢著究竟帶給我們些甚麼？

主題，乃是作品中的主要問題和情趣。因此我們可以說，一方面是作者依據主觀的要求，對客觀事物發生一種認識，由此認識，聚集意思焦點於某一明確的中心，目的在於提示問題，發掘真理；另一方面，是作者感受客觀事物的激動，對主觀的要求獲得啓示，藉以放大同情光圈於某一特定範圍，目的在涵詠情感，予人生的體味與玩索。螢著故事發展的重點，在於以身示範，去糾正買賣式地偏差婚姻，和學而仕則優的，羞於下田耕作的錯誤想法和作法、更難得的，是男女主角都有勤勞服務，和犧牲奉獻的高貴情操。從這些我們不難瞭解，螢著作者的情理兼顧。

文藝，不能離開人生，更不能與時代脫節。

靈感是潛意識中長期醞釀的東西，一旦醞釀成熟，遇到觸發的機會，便會爆炸發揮威力，這種突如其來的，生命光芒的放射，乃是生活儲蓄的存款。

從螢著中的時間和地點背景，以及故事發展的情節去推測，作者是位老金門。

幾年前，金門的確竄流著一股八兩黃金、八百斤豬肉、八千塊錢的三八歪風。這股歪風，曾導致部分青年男女的悲劇。當時，我也想到以三八婚姻為題材寫篇小說，但又想到看小說的人，必定厭煩三八婚姻而以此為戒，作為三八婚姻的父母，根本不會看報紙，於是就把念頭打消了。陳長慶先生的螢，激起了我的共鳴。

小說的寫作技巧，紛繁浩瀚，使人有千頭萬緒的感覺；在稿紙上寫出一個字，所講究的是技巧，整個小說課題，無一不是技巧的運用。因此，我只好用抽樣的方法，提出螢著的結構和描寫，向先進前輩們討教：

我們知道，結構是單象與單象，個體與個體之同相聯結的有機組織，它是時、地，事、物通過人的關係，織成錯綜變化的組合。我們若以主題為作品首腦，題材為作品血肉，結構就是作品的骨幹了。

小說的結構，是以人為作品中心，時、地、事、物全以人的存在而存在，與人無關的就得揚棄。螢著在結構設計上，抓住了「合理」的準則，它不僅合於生理和心理，並且合於倫理和數理。生理和心理，是作者意思的依據，倫理和數理，為時空客觀事物的存在：螢著作者創造了亞白、麗貞、麗蓮和子芳，配合金城、山外與碧山，緩流著愛的詩情畫意，激盪著快樂與痛苦的糾葛，明確清晰，旋轉飛揚，是這篇小說的特色。

小說，從單純的故事蛻變成藝術作品後，已由故事的舖陳，進為立體描寫和人物對話了。試著：雨落著，落得很大、很密，屋簷上的水流管子，像一個悲傷的老婦。雨，拚命的落，彷彿仇視左右每一個人，要落溶了大地才甘心。雨，落霉了我的小房和我的心。（第一節一至八行）。

這一段景物描寫，不僅詞句優美，且負起了製造氣氛，烘托哀傷，和顯示情緒的任務。

刻劃性格，推展故事，是人物描寫的基本要求，這方面作者運用「比喻」的手法，確不愧為神來之筆。例如：

「麗貞，妳太傻了，傻得碰到棺材硬要往裡躺。」（第七節六十四行）

「不，媽工作了幾十年都不累，我才工作幾天？更不覺得累。」（第四十一節二十八行）

這兩段話，已使人物栩栩如生，不著痕跡而形象化了。相信凡是看過螢著的朋友，都不會否認這篇小說的高度可讀性，不過月有圓缺，物有美醜，是一種自然現象，螢著也免不了有待商榷的地方：

首先是這篇小説在型態上，採用了第一人稱的主觀觀點，它有一個嚴格規定，作者必須遵守，就是只能根據別人的談話，動作或表情，去推測別人的心理活動，不能直接描述或敘述別人的心理活動。換句話説，凡是「我」聽不見、看不清的事物，都不能作直接表現。螢著卻有：滿屋靜悄悄的，只有身旁子芳的心跳聲（第二十四節第八行）。試問別人的心跳聲，「我」真能聽得見嗎？

其次是螢著採用開放式的結局，雖然沒有落入大團圓的俗套，但作者對情節發展的處理，影響了故事結構的嚴謹、使人有一種鬆懈的感覺，這一點，作者顯然像一個導演，沒有抓住戲已散場，觀眾欲歸去的心理。

以上幾點只是我的淺見，相信在先進前輩們的心目中，我的想法難免太天真，太幼稚了。

原載六二年九月十三日　《正氣副刊》

探討《再見海南島》的寫實性、懸疑性和道德觀

白翎

○　另類思維

　　評論陳長慶的小說，這已是第四篇了——嚴格說來，是第三又四分之一篇——因為第一篇是刊在「金門文藝季刊」第三期的『談第二期的小說』，一共評了四篇，他的〈整〉只是其中之一；第二篇是刊在「金門文藝季刊」第五期的『評介《寄給異鄉的女孩》——兼談文

藝創作的幾個小觀點』，後來經過改寫、修正了小部分觀點與用語，副題變更為『兼談幾個文藝小說觀點』，重刊於民國六十八年五月十至十二日的金門日報正氣副刊「論壇」專欄；第三篇則是前不久刊於金門日報浯江副刊的『從《螢》的書中人物探討陳長慶的悲劇情結』。

鑑於《再見，海南島　海南島，再見》（以下簡稱「海」）是他闊別金門文壇廿餘年後重現江湖的第一篇小說，並且引起舊雨新知的熱烈回響——楊樹清從加拿大傳真回來的「明月幾時有」、旅台故鄉人的來函，以及舊日文友們的面讚、電譽，所引發的連鎖關懷，說是一陣小騷動，實不為過——特嘗試以不同的角度，談談這篇有點特別又不算太特別的馮婦力作。

其次是寄自臺灣的故鄉人李姓讀者，在稱譽之餘，兼問及「海」的故事情節是小說？或是實情？當然，有資格回答這個問題的只有作者本人而已。筆者實在不能更不必硬淌這渾水；但是基於在評「螢」的時候，曾提及作者的悲劇是寫實的「錄影重現」及「他的小說幾乎有傳記的高傳真感」等語；雖然也同時提及「他筆下的人物情節，多是他眼中所見、耳中所聞、心中所思、夢中所幻（有意遺漏「親身所歷」四個字）」、「有的朋友或許會認為他寫的是他自己、或是身遭的某一個人」，唯恐少數讀者未及明辨（不求甚解？），所以必須再一次提示。

文學的表現手法千萬種，每一位作者都會選擇最有利的方式，來表達自己的內心世界；同樣的，文學批評的角度也有百十種，自然也是「各有所長，各取所需」了。筆者比較喜歡從小說的精神面去挖掘，透過深入的分析、大膽的假設、合理的歸納，有時也會提出一些未必是評論原作的個人意見：如果能因此而發掘出作者的意識寶庫，固所願也；退而求其次，也可以代表著另一種不同方向的思維歷程，提供另一類不同的想像空間，大概也不致有礙原作吧。

1 感動就好！

一直到執筆走文的現在，筆者仍然沒有改變作者的作品具有高度「寫實性」的說法。試想，去年夏季的一趟海南島觀光之旅，返金後，生產了「海」這個囝仔；今年夏天的故國河山觀光之旅，生產了他平生的第二首詩作——（走過天安門廣場）、以及描寫長江三峽的（江水悠悠江水長）、在廈門大學校園內追憶的（棕櫚青青致魯迅）（在如此冗長曲折的管制的單行道上，不知「他」神曉否？）兩篇散文。如此在時間、地點上的實質關聯，除了為他的「寫實性」提供佐證外，倒令人有點他的「觀光團費」沒有白花的感覺！

回顧作者所出版的兩本書——《寄給異鄉的女孩》文集、長篇小說《螢》——以及復出後所發表的小說「海」、「新市里札記」系列：不但有共同的特徵——其中的時間、空間背景和他的生活環境高度相關，密不可分外；光是人物的姓名，也都相似地緊，不知是他懶得為書中人物命名，或者他的小說人物根本就是「大國協」的同一系列！如果說，有人認為陳長慶在寫他自己，那也是得自他作品的印象：不論是他的有意的暗示，或是無意的巧合，大致上的源頭還是他自己。

至於他小說中的人物、情節，是否是實情？作者真的在海南島遇到了「王麗美」嗎？我們當然不知道，但以常理而言，可能是否定的。如果我們要說「海」中「白髮蒼蒼的小老頭」的陳先生，就是作者本人，與實際上是有差異的——「海」中的陳先生是一個孤零零的小老頭，現實生活的他有一個美滿的家庭；如果硬要說是半真半假，那麼，真真假假，假假真真，看小說的人，何必這般的累？如此的自尋煩惱呢？輕輕鬆鬆地享受文藝，好好地被書中人物、情節感動一番，不也是滿愜意的嘛；如果我們一直的關懷、追問下去，有朝一日「三人成虎」，讓現實的陳夫人也跟著一起置疑，那豈不是要導演一場清官也難斷的「家務官司」了嗎？

何況，「小說」本來就是「飯後茶餘，小小的說一說」罷了。

小說創作的欣賞，也應著重在他所表達的意念，文字背後的深一層內涵。

如果說，小說的人物、情節必須是實情；那麼，職業作家豈不就難以為繼，無以為炊了嗎？君不見那些大作家們，不都是在他們大作的前言、後記中，明言在表現某些階層的人生、探討某些人類的內心世界嗎？那裡是他們的真實輕驗？曾經有人為表現舞女人生而下海，但是，寫過舞女生涯的作家，他們都下過海嗎？有人為探討人言中的黑獄而蹲監，但是，描述死刑犯心路歷程的作家，難道他們真的身體力行地去犯法嗎？真的是遊過鬼門關死去活來嗎？

「海海人生，感動就好！」

2　留點自主空間

一篇小說能引起讀者的好奇，不但關心書中人物的結局，內容情節的真實程度，更以信函相詢；對作者而言，是一件值得安慰的事。至少是該小說已具有相當程度的懸疑性了；固然，能吊讀者的胃口，尚不能就說是好或成功的作品，至少在讀者的共鳴方面，還是應該給予肯定的。

「海」的懸疑性安排，可說是有頭有尾：開頭那場酒店總經理王麗美在酒席上的那一席話，就充滿了懸疑，只是底牌很快地就揭開了；同時「陳先生」的記憶也真的是老化了，如書中所說，麗美女兒的名字是「陳先生」為她取的，那麼，在酒店門口看到了「海麗酒店」四個金色大字時，是不是就會心有所感了呢？至於當酒店總經理致詞時，我們的「陳先生」又是陳長慶版地一貫的「自卑」地「不容許我多看她一眼」，或許這正是陳長慶版的一貫作風。

「陳先生」和女總經理的過去是次一個懸疑團，作者用了第二節到第七節的全部，幾乎是全篇的一半篇幅，來回憶過去，交待故事情節的來龍去脈。從發現一個花魁榜首，和她的文學愛好，次以神女罹患性病，探病後的交往生情愫，再受了恩客無意中留種，海麗的出世成長，又為了海麗而更換環境，魚雁往來七十五信而終告斷息；在這連續的補白當中，作者是掌握了小說的特性，不斷地製造高潮，給予讀者意猶未盡的感覺，也掌握住讀者「欲知發展如何」的好奇心，帶動著讀者的情緒，繼續引導讀者去「且聽下回分解」，作者在這方面所安排的劇情張力，十足突顯出「寶刀未老」的功力。

一場莫名的高燒，只是為了製造「陳先生」脫離觀光團的藉口，以便繼續在介紹海南島風光後，安排劇情發展；只是，作者在結尾時，故意留下一個更大的懸疑團，讓讀者自己去想像與發揮。據說，這是近年來的小說，最常用的一種結局方式：留給讀者一個「自主空間」。

至於王麗美為「陳先生」所安排的：八月八日離開海南島途經香港、臺北轉機返回金門；九月廿九日約定在香港再相逢的這兩個日子，是否另有玄機？就看讀者的聯想啦！

臨別海南島的當天（八月八日），王麗美的女兒海麗送給孤零零的「陳先生」乙份禮物，還說什麼「陳叔叔，祝您父親節快樂。」孤零零的「陳叔叔」是那一位的父親呀！這到底是作者的疏忽？還是作者為後續發展所做的暗示呢？聰明的讀者，你應該知道的。

離開時，說聲「海南島，再見」；未來是否會「再見，海南島」

呢？作者是「不告訴你！」。但是，聰明的讀者們，別忘了，王麗美安排的九月廿九日再相逢。九月廿九日，九二九，久而久；再相逢九二九！讀者們，你是聰明的，還是「滿頭霧水」呢？至少，我明白了，這就叫做「自主空間」啊！

3　老夫子式的愛情道德

在陳長慶的小說中，題材和「八三一」（軍中特約茶室，即軍中公娼，現已廢除）有關的只有收錄在《寄給異鄉的女孩》中的〈祭〉和這篇「海」。

〈祭〉中的佩珊和「海」中的王麗美有很多相似的地方：她們都是「八三一」的侍應生、票房記錄最好的花魁、意外懷了不知那位恩客的種、生下一位美麗的女兒；至於下海的緣由，佩珊只用一句「十六歲以前是幸福的，十六歲以後是不幸的」帶過；王麗美則有較詳細的描述：爺爺是海南島望族、高中畢業、父去世、母改嫁、弟幼小。

女主角最後的結局，大有南轅北轍的迥異：〈祭〉裡悲觀厭世的佩姍夜裡喝了藥用碘酒自殺，把五歲的女兒——惠貞寄托予幹事；「海」裡幹練精明的王麗美則回到海南島繼承了祖父的產業，和女兒——海麗共同經營一家即將晉為四星級的觀光酒店。

兩篇小說都是採用第一人稱的方式，說出女主角的悲情世界：〈祭〉中的「我」是特約茶室的幹事，是直接生活在侍應生日子裡的特約茶室管理員；「海」中的「我」則是防區福利站經理，是特約茶室的上級長官。前者在佩姍自殺的次月，帶著惠貞在寧靜的許白灣墾田、種菜、養雞鴨，十二年後，利用惠貞祭拜母墳時回溯往事；後者是在與麗美失去聯絡的次年，辭去工作，擺書攤，賣書報雜誌去了（難怪有人以為開書店的陳長慶又在寫他自己呢！看你如何辯白？）。如此也該天下本無事了，偏偏就要無事生非，廿年來搞個什麼海南之旅，又是無巧不成書地在他鄉遇故知，攪得欲罷不能，不知如何善後，恐怕只有落個白髮更稀疏了吧！

作者在兩篇小說中的「我」，始終保持極高的道德性：在〈祭〉

裡被佩珊譽為「人性的象徵」，有別於歷任幹事兼具人性與獸性的雙重性格（小心有人要綁白布條抗議了！），為了撫育侍應生的孤女，還要遠離那個不良的環境，去墾田、種菜、養雞鴨，教養她長大成人，不但證實了佩珊沒有看錯人，更可看出作者賦予作品極高的道德使命感；在「海」裡，作者很強調與麗美間那份對文學的同好，十足表明是一場「文學緣份」。在與麗美的交往中，「我」也曾對「侍應生」的頭銜，顯露出世俗的投鼠之忌，那種「愛吃假歲利」的猶豫不決，雖然是被愛情的外衣掩蓋了，卻也有矯枉過正的顧忌，而愈發有「君子之風」了。即使是海南重逢的愉悅，在數日的暗室相處中，仍然沒有絲毫激情的描述，可見「我」是「古典」地有點「古錐」了！在陳長慶的小說裡，戀愛中的男女都是中規中矩，總是「發乎情，止乎禮」的，甚至有時會為了家庭和諧的道德口號，而主動放棄愛情的，這種「上流社會」的「老夫子」式的愛情，和他批判社會問題時的尖銳鋒利，成為極其強烈的對比，這也正是陳長慶的可愛之處。

〇　另類思維

「沒有結局，就是最好的結局。」「海」的故事在作者有意無意間，留給讀者更寬闊的空間，做更富伸縮性的想像，應該可以滿足更多的讀者。但是，做為一個文藝的愛好者，希望能以更多的心思，去體會小說深層的內涵、複雜的背景、表達的技巧、或者美好的景物，才能在作品中得到更多的愉悅。

原載一九九六年十一月廿五日《浯江副刊》

沒有結局，便是結局

——《再見海南島・海南島再見》讀後

謝輝煌

《再見海南島・海南島再見》這個二萬字左右的短篇，是金門老戰友陳長慶兄在停筆二十三年後，再提筆上陣的一篇力作。內容描寫一對世俗地位前後互換，差距越拉越大的男女的愛情故事。時間縱貫二十年，空間由金防部的武揚營區（坑道）及金城的特約茶室，經臺灣延伸到海南島的海口市。當他的世俗地位看起來比她高時，他慷慨付出「茶與同情」般的感情，她欣然接受；而當她的世俗地位看起來比他高得多時，她也慷慨付出「以德報德」般的感情，他傲然拒絕。結束了一個沒有結局的愛。

故事的男女主角，分別由曾任職金防部政五，負責督管特約茶室的作者本人，及身為被督管的茶室侍應生王麗美擔任。故事採用第一人稱的方式進行，由男主角參加海南島觀光旅遊團，於香港飛往海口市的轉機途中，以「在有限的人生歲月裡，能踏上這塊夢想中的土地，它的不凡意義，遠勝觀光旅遊。」等語，做暗示性的拉開序幕（或指兩岸開放？或一語雙關？），復以飛機落地時，一眼瞥見的兩個斗大的「海口」紅字，推開故事的大門。待進入「海麗酒店」，又從「大堂經理」似曾相識的倩影上展開夢的捕捉。當高雅華貴的王麗美以大掌櫃的身份出現，並主動認出男主角後，立即使他原先擁有的一段美好的回憶，因情勢移變的現實，而幻滅成「心如一杓死水」的冷灰。接著，以回憶的筆觸，倒敘兩人在金門相識、相惜、相戀、相別及失去聯絡的種種經過。然後再拉回眼前，以較大的比重，著墨於王麗美的光輝事業及前呼後擁的氣派，拱出兩人眼前世俗地位的極端懸殊，使身為擺書報攤的小老頭的男主角，迷糊在「重逢是故事的開始，還是結束？」的現實人生裡。繼而在意識到自己「倒像是一條寄生蟲」的不甘心的心理下，拒絕了那塊從天上掉下來的天鵝肉，回歸到自我的本真。完成了一個「沒有結局，便是結局」的愛情故事。

就故事說故事，這是個探討靈與肉、雅與俗、同情與感恩及理想與現實等問題錯綜複雜，且相互矛盾衝突與掙扎搏鬥的故事。誰勝誰負，也許並不重要，真正重要的，是作者如何去面對、克服這些問題？因為，文學作品不是綜藝節目或卡拉ＯＫ，也不是一個觀光景點，僅提供視聽之娛而已。作者恆是要藉著故事實體的呈現，提些問題，捉弄我們的思考，或展現他對諸多問題的看法，供讀者驗證。例如，在這個小說裡的男女主角，不是別人，而是我們自己，則對男女雙方相互的施與受，報與答的問題，就不能不去思考了。

愛情的本體很簡單，附著在愛情本體外面的現實事物卻非常的複雜。在這個小說中，愛情的初發與結束，簡直就是同情與憐憫、懷恩與報德的糾葛。因此，就不能不先釐清一個現象或事理。亦即：當自己的世俗地位看起來比對方高些時，同情與憐憫式的付出，不但很容易，而且很高貴。反之，伸手去接受別人那份同情與憐憫式的付出，有時卻很困難。即使在非不得已的狀況下接受了對方的恩惠，而那份懷恩與報德的感情的債，往往會把人壓死。另一方面，在付出了同情與憐憫之後，是否能摒除世俗與物議的考慮，馬上又接受對方超乎物質、友誼以外的懷恩與報德的愛情呢？尤其是，當兩人的世俗地位發生前後質量互變時，原先「受」的一方極欲變成「施主」，甚至強勢地希望原來的「施主」變成「受」的一方，這將會產生什麼樣的結果呢？

誠然，人生在逆境的時候，的確需要人拉一把。但人在順境的時候，要人家接受「嗟來之食」，卻不見得是圓滿的功德。然若純粹是在形而上的仁愛之情的平等精神基礎上，「投我以木瓜，報之以桃李」，便無論施、受、報、答，莫不欣然酣然。但若施之以愛情，結果就往往出人意料。這也恐是陳長慶何以要在這個小說中，令早先站在「受」的一方的王麗美，常拉高姿態，以「你是說侍應生不能看書？」、「如果你有所顧忌，相見不如不見好。」、「跟一位歷盡滄桑的侍應生一起賞月，你不覺得委屈嗎？」、以及「你想的總比說的多。」，「心胸要開朗，眉頭不要鎖緊。」等話語去詰問、譏諷和告誡「施主」陳先生的道理所在了。

同理，當陳先生一見王麗美最初「報」之以深情，作者就教他立即產生「興奮與矛盾」的心理，令他自惑於「伸出的手是友情的手抑或是愛情的手？」的迷霧中。當她「報」的感情愈濃愈多時，作者又用力地深化他心中的矛盾，衝突，使他苦陷於「想見她，又怕見她」的泥淖中。甚至當她產下「父不詳」的嬰兒，最需要他、最惦著他的時候，作者更令他「躲得遠遠的」。其中，固然或隱有作者對傳統的、世俗的價值觀念的批判，但又何嘗不是因「施」與「報」的不平衡所產生的自然反撲現象。

再同理，當王麗美在招待金門觀光客的晚宴上，大膽寬解世俗的外衣，忘卻別人的驚訝與聯想，以及自我的存在，沉醉在以愛情作為高尚的感恩與報答的甜夢中時，作者卻讓陳先生「低頭聆聽」、「沒有仰頭看她的勇氣」，甚至以「我的心早已隨著歲月的流失如一杓死水」，作無言的抗議。而當她撂出「信封袋裝的是二仟元美金，任何銀行都可以兌換，也夠你回來的費用」及「我倒要看看，你把我當成誰呀！我的安排可能讓你不滿意，對不起，陳先生，不滿意也得接受，知道嗎？」這一串「報」得有點過分（不只是「過分」，簡直像中共逼降式的統一論調一樣）的話時，作者也特以醒酒湯灌向陳先生，令他清醒到「難道我甘心在這烏雲下做條寄生蟲？」的狀態，接著再令他「解開繫在頸上的領帶」（領帶是王麗美替他打扮的），並發出「虛偽的紳士不是我該追求的」的怒吼，以示嚴重的抗議，並畫下一個「天涯海角，何必再相逢！」的沒有結局便是結局的完美句點。

至此，似可不必計較他們在「施受報答」過程中，所表現的猶疑、矜持、倔強、懦弱的細節。總之，在「患難成好友，富貴莫作鄰」的現實中，形而上的施為不見得管用，而形而下的禮尚往來，互敬互助，往往更受用。尤當世俗的社會相互懸殊時，施與受的分寸拿捏更是學問。這也印證了作者在王麗美給陳先生的信中所說的，「克羅齊的『美學』，但只是理論。」的結論。所以，聰明能幹的她，在實際生活中，照樣「是一張白紙」。照樣會不顧對方的承受力如何，大擺其鳳凰、孔雀的華章，說什麼「給你一個月的時間總夠了吧，回來時什麼都不必帶，但你那寶貝的書除外。」、「放心，我自有安排，遊完北京我們到武漢看黃鶴樓，到長江看三峽，到桂林看山水，到重慶看山城，到廈門看金門。」完全忘了當年的淪落、狼狽與力爭上游。這些話，與其說是王麗美的無心，毋寧說是她的無知；與其說是王麗美的財大氣粗的無知，又毋寧說是時下一些暴發户的狂妄與自大。因此，作者才又借陳先生的靈魂說：「內心卻交織著幸福與痛苦的抉擇，在茫茫人海裡，在這變幻無常的社會裡，我該選擇什麼？：：難道我該重新讀書，取得傲人的學歷，把髮絲染黑，用虛偽來遮掩一切，用先進的美容劑，把自然成長的老人斑漂白：：險惡的人類啊！你們不是口口聲聲喊著要改革這個不良的社會，為什麼無法取下人類勢利的雙眼？為什麼？為什麼？」接著又自怨自艾：「任憑你滿腦的四書五經，也抵不過一條繫在頸上的領帶，我能說什麼呢？」雖然，作者「無能說什麼」，卻也借了書中男主角的手，堅持著把那條領帶「解了」，做為對世俗的一個總答覆。也可以說是這個時代認知的一個頑強的表白。

小說家沒有義務把筆下的癡男怨女都寫到「終成眷屬」，自《孔雀東南飛》（作故事詩看，實有小說性質。男女主角雖成眷，卻因外力無法和鳴到老）以下，不知凡幾！固然，王麗美的「圓夢」心切，奈何，陳先生不吃那「君臨天下」的一道菜，寧願回到書報攤上對著北風喝涼水，有冷暖自知的味道。然若當年的王麗美是帶著女兒在海口市的街頭，過著「文君當爐」的生活，或離金赴臺時，堅邀陳先生一同去臺灣開創新生活，作者恐不會那麼狠心地在王麗美的靈魂深處捅這一刀。總之，去此一寸，就注定了好夢難圓的結局。

整個來說，這個小說寫得相當成功。小小的格局，配上簡潔的佈置，播放點輕音樂，讀來蠻有行雲流水的悠閒感。此外，故事情節的安排、穿插、啣接，以及人物的刻劃、心理的描寫，皆有動容的表現。兩萬餘字，能寫得如此粗中有細，小中見大，尤其是對白的落實及餘音裊裊的韻味。不是下過「一番寒徹骨」的工夫的人，難望此項背。雖然，王麗美的再度出現，在見面場合的舉止言行，甚至一些投懷送抱的動作略見誇張，但卻釀造了對比強烈的效果。唯一的疏忽，是當「海麗酒店」四字出現時，未能震動陳先生的感覺神經。因為，「海麗」二字，在「陳叔叔」的記憶中，應有「海般的美麗」才是。但也或許是五星旗擋了點視線，沒立即聯想起來吧？

最後，要附帶一提的，是這些年來，以金門特約茶室（即那些外行人口中的「八三一」）為背景的小說或報導，間或入眼，但扭曲的地方，常令人血脈噴張。有人甚至連「八三一」三個字都不甚了了，便大吹起法螺來。看吧：當年曾把「匪諜」的妻子，判了刑的女犯人，都送到金門去「勞軍」。小徑茶室的一名侍應生自殺了，官兵就在在茶室裡佈置靈堂，為她開弔。莒光日，部隊派士兵去替姑娘們洗床單、擦門窗、打掃清潔（只差一點沒替姑娘們打水洗身子。）：等等「黑白講」，真叫人「傷心落淚」。更有位後生作家說，金門的軍民關係一向就不好。看樣子，「伯玉亭」都是紙剪的，貼在那裡的。看到那些「狗屎文章」，就恨不得電請陳長慶來做個「總評」。何以見得他是最瞭解金門特約茶室內幕的「權威」呢？蓋當年在中央坑道的辦公室裡，常接受陳長慶送過來的，替侍應生們申請核發「入出境證」（六十一年改為「中華民國臺灣金門地區往返許可證」）案件的第一處的「謝參謀」，可以作證。小說容易寫，要能「過火海」，才算見真章。此是題外話，卻也憋了很久，及讀了陳長慶這篇以金門特約茶室之一角做背景的小說之後，不能不說的幾句公道話。

原載一九九六年十一月廿九日《浯江副刊》

感恩憶故人 髮白思紅粉

——初讀陳長慶的《失去的春天》

白翎

一、寫實是他的一貫作風

手捧著近十六萬字的《失去的春天》完成稿，紮實的分量感，面對這位「金門文壇」長青樹，自稱是「老年」的「老黃忠」、老實說堪稱為「快手」的「白頭翁」，我曾打趣地建議：「趕快用快捷郵件，寄一份定稿給書中昔日的『護理官』、如今貴為『護理部主任』的——黃華娟小姐；雖然得花上幾百塊的郵資，但這份『實劍送英雌、傑作贈紅粉』的盛情，肯定讓一直等到現在，仍日夜倚門盼望『良心郎』的『癡情女』，把『來生』的諾言兌現在『今生』；果真如此，《失去的春天》將改寫為《遲來的春天》啦！情節的進一步發展，保證精彩萬分，迷死萬千讀者！」

如是說的目的，是要說明一點：陳長慶一本其寫實的作風，在《失去的春天》一書中——比照他的《寄給異鄉的女孩》三版、《螢》再版、《再見海南島、海南島再見》初版都已印製完成，只待選個吉日良辰上市；肯定《失去的春天》單行本問世的日子，也是指日可待了！說不定此刻已在排版、印製中啦！所以早一步稱「書」，以示本人有「先見之明」——人物絕對是千真萬確的；雖然有些老長官已經走入歷史了，至少除了黃華娟之外，前不久曾為作者的《再見海南島、海南島再見》寫「讀後」的謝輝煌先生，就是書中人物之一：這位中校參謀官，曾為女主角「顏琪」和「黃華娟」辦過出境手續，由他們來現身說法，應該比較具有「說服力」的。

在佐證「真人」之餘，或許有人又會「得寸進尺」地問：是否真有「其事」呢？因為茲事體大：這個問題牽涉廣泛，不但有小說的「故事性」，更有現實的「生活性」；就算是二十多年的老友，沒有得到授權，也不能信口開河地「替人作嫁」。不過，為了替讀者導讀，仍然必須提出一些蛛絲馬跡，供大家參考；但是必須鄭重聲明，以下純屬「轉載」，絕對不代表任何立場：

「寫在前面」不屬小說內容，且已在小說之先刊出，讀者可自行品味；「寫在後面」同樣不屬於小說內容，但讀者目前還看不到，我且偷偷抄幾句「很關鍵」的文句，小聲的告訴您，不要讓別人聽到：

「然而，我秉持著對文學的熱衷和良知，不再考量現實環境帶給我的困擾；我留下的不只是一篇小說，也不是交代一個故事，而是尋回一份失去的記憶。」

作者已經預知《失去的春天》，這篇小說將會為他帶來「現實的困擾」，仍然「秉持文學的良知」，要去「尋回失去的記憶」，更讓她公開出世；在作者而言，是「求仁得仁」；我們既不忍心去追究他的「現實困擾」是什麼？又何苦再增添作者更多的「現實困擾」呢？暫且放作者一馬，大夥兒心裡有數，也就夠了！

不過，我曾在作者處聽到一則有趣的消息，忍不住要與讀者們分享，如有「長舌」之處，先行告罪啦！

在作者的《再見海南島、海南島再見》刊出後，有位「有心人」為了探究小說的真實性，不遠千里地託人到海南島，尋找小說中四星級的「海麗酒店」；結果呢，找是找到了，只是，同音不同字；這就是「陳長慶」式的寫實方式！因為作者是在一趟「海南島之旅」過後，寫下《再見海南島、海南島再見》這篇小說的！

最根本的基點，《失去的春天》是一篇小說；前言、後記不算！

二、教你如何「腳踏兩條船」？

在陳長慶的小說作品中，絕大多數是以「第一人稱」著筆的。他說：第一人稱的寫法，易於掌握劇情的發展，可以收放自如。我笑他「偷懶」，因為在他的小說中，主角都是他的本家——姓陳的；都是用情專一的「癡心漢」、都是道德「零缺點」的聖人、也都具有與他極端相似的經歷條件；說白一點，根本就是在寫自己嘛！

在寫男女之情時，他筆下的男女主角，往往都是連拉拉手都罕有的純純之愛，這種合乎禮教的「心靈之愛」——頗符合現在「心靈改造」國情的嘛！——所以，在《再見海南島、海南島再見》的論評中，我曾戲稱他為「老夫子式的愛情道德」；與他品德無雙的男主角合奏，堪稱他作品的兩大基調。

在《失去的春天》裡，陳長慶走出了他「老夫子式愛情道德」的圈圈、也不再堅持品德「完美無缺」的男主角風格。

到底他如何走出「老夫子式愛情道德」的圈圈？看過了《失去的春天》，你將會感覺到他的成長；但只不過是成長而已，並不表示有什麼激情的演出！成長是一種改變，是漸進式的改變，所以，你不必期待過高。如果以電影「普遍級」、「保護級」、「輔導級」、「限制級」的四級劃分及四級外的「成人級」來說，《失去的春天》只是那種十二歲以上、可以親子同觀的「全家樂」級。看過之後，別說我「故弄玄虛」就行了！

小說中的「陳大哥」，週旋在具有古典美的「金防部藝工隊」之花的顏琪、與熱情豔麗的「尚義醫院護理官」的黃華娟之間：前者因有長官的撮合，情投意合之下，不但登堂入室地見了「未來的」公婆，甚至與「陳大哥」有了「廝守終生」的鴛盟，但為何始終只是「未來式」？後者在他們決心「廝守終生」後才出現，卻能成為一個隱形而有力的「第三者」，竟能與他們兩人，同時維持雙線的情誼與友誼，還想爭取公平競爭的機會？

「愛情」與「友情」是否可以並存，而互不侵犯？男女之間，除了「愛情」，真的沒有純粹的「友情」嗎？這是許多人常產生的疑問，並且想得到答案的。作者在《失去的春天》中，也極力地想證明：

「愛情」與「友情」可以並駕齊驅，兼容並包；所以，「陳大哥」在擁有顏琪的愛情之餘，還想維持與黃華娟的友情；顏琪則不然，在得到「陳大哥」的海誓山盟之餘，她仍然千方百計地防範黃華娟的介入；至於黃華娟，她又豈能甘心自處於「友情」的次國民待遇，賣力地爭取公平的機會，想把已得到的「友情」，提昇為「愛情」，擺明了一付「未知鹿落誰手」的強勢競爭態勢。

「陳大哥」能「腳踏兩條船」而「左右逢源」嗎？顏琪能「克敵制勝」而「維持戰果」嗎？黃華娟能「扭轉乾坤」而「後來居上」嗎？就成為《失去的春天》有力的衝突點，也是小說劇情發展的賣點。

從劇情上的安排而言，《失去的春天》頗有指導讀者如何「腳踏兩條船」的味道。「陳大哥」利用著「友情」的藉口，維持了「愛情」；再藉著「友情」與「愛情」公平相待的謊言，背地裡享受「友情」裡的「愛情」。所以，說作者已不再堅持「絕不負人」的完美品德，讓「陳大哥」在「温柔鄉」中，承受著「良心」的不安。在近程和遠程的衝突下，作者把「陳大哥」那種「腳踏兩條船」的心態，澈底地揭穿在讀者的眼前。

這套『在愛人的面前，強調「友情」，以免因多了一位女友而情海生波；在面對女友時，卻在口頭上強調「給予公平的待遇」，以享受滿懷溫柔』的「取巧之道」，是作者「腳踏兩條船」的指導綱領。只是運用之妙，存乎一心。

要特別強調的是，「陳大哥」與兩女之間的描述，是《失去的春天》的主軸，特別是在心理分析方面，頗能看出作者的強烈企圖心，想跳出「說故事」的老套，從心理方面的描述，去提昇這篇小說的位階。這是很值得鼓勵與嘗試的方向，至於是否達到了作者的預期目標，也是有待讀者們一起來公斷的。

三、走出不堪回首的六十年代

《失去的春天》的故事背景，是六十年代的金門，當時還是處在戒嚴的戰地政務時期；對於中年以上的讀者而言，難免會有刻骨銘心的記憶。故事中的宵禁、出入境管制、落伍的交通工具、急病後送的望海天興嘆，都只是印象中的微小角落；處於那個時代的人們，不過是大時代中，許許多多無名犧牲者之一；如今，既已走出夢魘，我們不必再去追究，那段肯定不會是很「詩情畫意」的往昔，並且要連根拔起，拋至九霄雲外；唯有完全地走出不堪回首的六十年代，未來的日子才能有幸福、才能有希望可言！

看小說的心情，不要像讀歷史；除非你真的要去，擔負那不可負荷之重！

看《失去的春天》，同時也看到了一場「官場現形記」：「陳大哥」有幸領受長官們的「疼惜」，享受了許多特殊的信任與照顧；更何其幸運碰到了，藉「圓滑」之口，逞「私利偏慾」的「好官」，給予連番的刁難和挫折；在小說中，作者用很簡潔的文字，畫龍點睛地刻畫出這些「好官」的醜陋嘴臉，一如他在《寄給異鄉的女孩》、《螢》兩書中，痛批當年的「三八」婚俗，一般地犀利且一針見血；尤其在那種特殊的體制下，除了一些「朕即法律」的唯我獨尊心態外；

更多的業務承辦人，更有如「大法官」地權宜解釋法令，貫徹主觀意識，便宜行事地掌握業務；如今，時序變異，這類人的心態「變異」了沒？

如果在這方面有特殊的際遇，很容易將《失去的春天》當成「內幕小說」來看；只是作者並無意於此，只是在遭遇不如意時、有所感觸時，發發牢騷罷了，所以著墨不多；恐怕會令部分讀者失望了。其實，以作者長年任職於斯的體驗，對那個圈圈裡一些異於「常情」的情事，親身經歷、親眼目睹、親耳聽聞，足足可以寫成一本現代的「官場現形記」；只是作者激憤之餘，仍保有一分「與人為善」的情懷，點到為止。

看《失去的春天》，有點像在看觀光局的旅遊指南；如果你對家鄉的景物，已經有點依稀，不妨在看《失去的春天》的同時，攤開你的心理地圖，好好地回想六十年代的家鄉；只怕今昔相對照，更予人「景物依舊，只是人事全非」之歎！

在小說中，作者有計畫地帶領著讀者，周遊了金門的主要風景名勝：壯偉的大膽島、幽雅的太武山谷、熱絡的金城鬧區、翠綠的中央公路、撩情的山外溪畔、純樸的碧山農村、新市里——太湖——安民——榕園的大山外、依山傍水的古崗樓、波濤澎湃旁的文臺古塔、再加上山谷的夜景。

對於生長於斯的金門讀者而言，這些景地早已成為生命中的一部分，很容易在作者的牽引下，重遊記憶中的昔日美景；尤其是在回到農村、介紹田中耕耘、家鄉小吃的部分，作者刻意使用了故鄉方言，家鄉人藉音會意，特別有一番親切的體會；對聽不懂閩南話的讀者來說，或許有點生澀難解；但對家鄉讀者而言，彷彿回到昨夜夢中、聞到無比香醇的的泥土芬芳！

當然，使用了地方方言，介紹了一些家鄉情事，是否就可以叫做「鄉土文學」呢？基本上，我不這樣認為。「鄉土文學」的基本要素，應該是依文學的內涵來判定，而不是文字的表象；應該是具有獨特性的內容，而不是殊異的景物。如果把作品中的人物角色改頭換面，把時空置換，仍然可以通行無阻，那麼，它的「鄉土性」就值得置疑了！基於此，我同意《失去的春天》的讀者，將受其鄉土經驗的侷限，或許有些讀者不能感受到作品的完全共鳴；但是，如果因此而把《失去的春天》歸類為「鄉土文學」，在認知的態度上，我仍然有相當程度的保留。

何況，愛情這個東西，是沒有境界之分的。

四、感恩憶故人，髮白思紅粉。

在「寫在前面」裡，作者對幾位長官，表達了他的懷念與感恩；同時更對無緣結為連理的顏琪，許下了來生的承諾。正是：

感恩憶故人，
髮白思紅粉。

原載一九九七年三月廿五日《浯江副刊》

因爲眞實感　所以引人注目

——論陳長慶《失去的春天》之『人物篇』

白翎

0　概說

在副題為「四評陳長慶的小說」的那篇「探討『再見海南島』的寫實性、懸疑性和道德觀」一文中，筆者曾在「第0章『另類思維』」的末段，有如下的敘述：

文學的表現手法千萬種，每一位作者都會選擇最有利的方式，來表達自己的內心世界；同樣的，文學批評的角度也有百十種，自然也是「各有所長，各取所需」了。筆者比較喜歡從小說的精神面去挖掘，透過深入的分析、大膽的假設、合理的歸納，有時也會提出一些未必是評論原作的個人意見：如果能因此而發掘出作者的意識寶庫，固所願也；退而求其次，也可以代表著另一種不同方向的思維歷程，提供另一類不同的想像空間，大概也不致有礙原作吧。

這是我的一貫看法與做法。所以，在寫了這麼多年的評論以來，都盡量的避免引用原文；在決定對《失去的春天》做細部的顯微解析後，可能將難以迴避，會適量的夾帶一些《失去的春天》的原文，使這些書中的人物，不論是刻意描繪的顯性角色，或者是「欲彰還蓋」的那些隱藏性人物，都能精彩的重現，活躍在讀者的眼前；還給他們一個清晰的面目——即使是「陳大哥」也將無所遁形；如果原作者有不盡同意之處、或「礙難」同意的反應，也都是不難意料的；我不敢肯定能挖掘出作者的潛在意識，更不敢說作者的敘述出了什麼差錯，可以確定的是：《失去的春天》給我的，就是如此的映象。如果其間還有落差，就算是「意識代溝」吧！

有關《失去的春天》故事的時空：我在「感恩憶故人　髮白思紅粉」的那篇導讀中，提到：看《失去的春天》，彷彿在看金門的旅遊指南。空間方面已是清楚不過的了；至於時間方面，根據小說提示的事件而言，有三處陳述可以推論，故事應該是開始於民國六十年代的初期。

一、在第三章的前往「大膽島」進行春節「離島慰問」的小艇上，主任就有關《金門文藝》申請登記證的事，當面告訴故事中的「陳大哥」：

「《金門文藝》的事，我已交代過，祇要你們具備完整的手續，不會有問題的。」

而《金門文藝季刊》的創刊號，是在六十二年七月一日出刊的；出刊時尚屬「本刊正依法辦理登記中」的狀態；以當時的大環境來看，應該是取得地方主管單位核准後，轉報新聞局核發登記證中，「提前偷跑」在戰地政務的戒嚴狀態下，是絕對不可能發生的事情；直到民國六十三年二月出版的春季號，也就是《金門文藝季刊》的第三期，才出現了「局版臺誌字第００四九號」的登記證字號。

所以，這趟「大膽島春節離島慰問」之行，推測是六十二年的春節，應該是可以接受的；那麼，前置的「『毛澤東』與『藍蘋』事件」，「黨務的『小組會議』交鋒」，發生在民國六十年左右就屬合宜的推理了。

二、在大膽島的春節離島慰問中，「陳大哥」帶去了二十本他的文集——《寄給異鄉的女孩》，陳列在每個連隊的書箱，提供島上的官兵閱讀；顏琪奉主任的指示，在《藝工隊》的演出中插播，向臺下的官兵介紹「陳大哥」時，也曾提到：

「你們看過『正氣副刊』連載的長篇小說《螢》嗎？」

可見在這趟「大膽島春節離島慰問」之行的時候：「陳大哥」的長篇小說《螢》，當時正在連載、或是剛連載完成不久；帶去的《寄給異鄉的女孩》文集業已出版，而查對的結果，該文集初版發行日期是在「民國六十一年六月；連載的長篇小說《螢》的單行本，初版的發行日期則是「民國六十二年五月」。

所以「大膽島春節離島慰問」之行時間的落點，應該是在民國六十一年六月以後，六十二年五月之前，也為前段推測是六十二年的春節，再提供一項佐證。

三、在「尾聲」的開頭，作者寫著：

一九七四年春天，在友人的協助下，我帶著顏琪的《靈罈》，搭乘《閩江一號》漁船，環繞了大膽島海域，在我含淚地撒下骨灰時，她卻沒有隨波逐流，也沒有沉在海底，而是永存在我心中。

在第十四章利用週日赴「尚義醫院」，由黃華娟協助請謝大夫診察；又進行「古崗湖」與「文臺古塔」之遊；再回到「新市里」後的對話裡：

「如果現在你能帶我回鄉下，該多好！」

「還有半年，很快就到了，顏琪，陳家大門永遠為妳開著。」

「只怕等不到那天。」

在第八章顏琪隨「陳大哥」返回碧山老家，在農田旁大樹底下的草地上，吃了那頓「芋頭稀飯」後，有段描繪「回歸田園」理想的時間表：

「這不是夢，也不是幻想，我們隨時隨地都可達到目的，完成理想。妳與隊上的合約還有多久？」

「兩年又一個月。」

「七百多個日子，很快就會過去的。顏琪，我們期待這一天的來臨。妳無怨、我無悔；共同攜手、同甘共苦，迎接未來。」

從這三個數字去倒算：

民國六十三年春天，「陳大哥」將顏琪的骨灰撒在《大膽島》海域；顏琪得知罹患『胰臟癌』前，與藝工隊還有半年的合約；初次回到「陳大哥」老家——碧山時，合約還有兩年一個月：加加減減之後，和前項的推算頗吻合的。

所以，《失去的春天》故事發生的時間，幾乎可以肯定是在民國六十年代的初期。

把《失去的春天》當做一個小說故事來看，作者或許會有意見：

因為陳長慶一直是以「寫回憶錄」的心情來經營它的；不論是「寫在前面」、「尾聲」、「寫在後面」、或者文中的每一個人物、每一個地點、甚至於一草一木，都是他廿餘年來，午夜夢迴、縈繞蕩漾，從未曾片刻忘懷的！

儘管我們能接受作者「真人真時真地」的說法，但是作者有更強烈的企圖心，要讀者接受「這是真事」的訊息；唯恐讀者把《失去的春天》當成「瓊瑤（窮聊）式」的愛情文藝小說，那就枉費了他的一番「心血」（心在滴血）了；不過，站於讀者或評論者的立場，在關心是否「真有其事」之餘，我們仍然只能以讀小說、看故事的心情來面對《失去的春天》，以「就文論文」的態度來討論《失去的春天》；至於是否「事事皆實」？那是（「陳大哥」家）飯後的話題，我們外人也就只能「不予置評」了！

或許，這看來「真實」的特質，正是陳長慶小說引人注目的主因，也是陳長慶小說的最大賣點。

1 顏琪——紅顏薄命的安琪兒

在《失去的春天》裡，有兩位安琪兒（天使），就是故事中的兩位女主角：藝工隊的顏琪，是散播歡樂散播愛的演藝天使——她散播的歡樂，是防區官兵精神上的神丹，慰藉著他們離鄉背井的孤寂心靈；她散播的愛，卻是「陳大哥」的獨家專利；「尚義醫院」護理官的黃華娟，是護理軀體護理心的白衣天使——她護理的軀體，是照料住院官兵身軀上的傷病，減輕他們肉體上的苦痛；她護理的心，也只專屬「陳大哥」的，特別是兩人獨處的時刻，她總像是中了「丘比特」箭毒似的「情癡」，被「陳大哥」迷得暈頭轉向的。

顏琪是來自軍人家庭的湖南女孩，父親是領終身俸的退役老士官，父母住在臺北市民生東路「婦聯四村」的眷村裡，妹妹也已經踏出校門，在社會上工作了，弟弟顏明則尚就讀於鳳山的陸軍官校。由於父親曾在金門服役過，對於金門自有一番深入的認識，使得顏琪對這塊土地，甚至於居住在這塊土地上的人們，也具有特別親切的感覺。

至於顏琪的年齡，以作者在末章所寫的，「生命中的第廿四個春天還來不及過完」來看，故事開始時，顏琪應該正當是少女黃金時期的雙十年華。

我們且從小說中的描繪，看看作者塑造了怎樣的顏琪？

一、富有青春氣息的顏琪——在「毛澤東」與「藍蘋」事件時，上場的顏琪是「甜甜的粉臉，嘟著小嘴，白皙的皮膚，修改過的草綠軍服，服服貼貼地襯托出婀娜的身姿。」石班長眼中的她則是「那個小女孩長得眉清目秀，伶牙利齒，純潔可愛，不像其他的女孩，浮華油條。」等到「那位甜甜的女孩，雙手插腰、嘟起嘴」找陳經理算帳時，又是「理直氣壯地，用食指重複比劃著」、又是「氣得不禁又雙手插起了腰」、又是「自己也笑出聲來，玉手握拳，做了一個想揰人的手勢」、又是「隨著好奇的口氣，架式也隨即放低了」；除了「頑皮，淘氣」的模樣，作者費盡心思筆墨，表現出的那份「純真、率性」的青春氣息，是那種涉世未深、不知情愁滋味的璞玉，是百分之百的「清純佳人」。

二、充滿俠義熱誠的顏琪——在《藝工隊》的黨內小組會議裡，因為「大家衹是想享受福利，卻不敢建議，壞人只好我來做啦！」而站出來「建議聘雇人員能比照現役軍人享有四大免費服務，發給免稅福利品點券。」連隊長都稱讚「顏小姐她熱情又熱心，能說善道，能唱能跳，很得人緣，有很多事她都主動替同仁爭取。」除了乘機與「陳大哥」搭上線，讓「陳大哥」留下「她能潔身自愛、嚴守紀律、與同事和睦相處、替同事爭取福利，投下的工作精神和專業素養，讓人心服，也深受長官的肯定」的印象外；也營造了顏琪那股俠骨柔腸的特質，敢於說出大家的心裡想說的話，以爭取隊員們的權益，以及後來陪同隊上同伴到供應部採購福利品，都頗符合她熱心，有人緣，而成為藝工隊「臺柱」的角色。

三、表現愛憎分明的顏琪——在《后扁》的「小據點巡迴服務」時，顏琪曾在隊上的戲劇官——何中尉吆喝之餘，罵了他一句「小人」！再拉「陳大哥」共舞一番，還以顏色。顏琪的說法是：「理由很簡單嘛！他要請我看電影，我不想看；他要請我吃宵夜，我不餓。他認為我高傲，不給面子，就耍起威風啦，認為自己不得了啦！」其實，不想看、不餓，都是藉口；看不對眼才是實情。除了高傲的心態外，其後的向一0一反映，自己的隊員不當獲發免費票、免稅福利品外流，而被隊長說是「敗類」一案，真不知道該頒發這位戲劇官「大義滅親獎」、「酸葡萄獎」、還是看不清顏琪實力及集多級長官信賴於一身的「進士（近視）獎」？當然，在這過程中，不但表現出顏琪的率真個性，更佐證了她的知人之明。

四、主持歌藝雙絕的顏琪——顏琪在藝工隊的臺柱地位，主要奠基於她的節目主持功力，每次主任到場，總是要點她的名；至於作者為她安排的曲目，也都是六十年代膾炙人口的名曲，如：「教我如何不想他」、「問白雲」、「偶然」、「藍與黑」、「癡癡的等」、「春風春雨」……等；除了主持小據點演出，在擎天廳的慶生晚會，尤其是婦聯總會的勞軍晚會，是她動過聲帶手術後，首度的主持和演唱，又是一場隱含著洋土較勁的競爭。在這場精彩的演出中，觀眾的掌聲就是她最大的滿足，司令官特別頒發的個人獎金，更是對顏琪傑出演藝的最大肯定；這時的她，可說是達到了個人演藝生涯的巔峰了。

五、嚮往農村田園的顏琪——處在掌聲中的顏琪，並未看重她的演藝生涯，而是以婚姻家庭生活為念；所關切的是，「陳大哥」何時帶她回鄉下老家，認識那兒的環境和未來的公婆，以及對那兒的「入境隨俗」；念念不忘的是，何時一起離職，回到純樸的農村生活？作者要表達的是不止是一位具有古典美的女性，更是具備優良傳統的婦德；所以，顏琪走到山上，脫了鞋襪就能下田；回到家裡，又搶著下廚房；吃了「蕃薯簽」、「安脯糊」、「菜脯」配「花生」，或者是「芋頭稀飯」，不僅津津有味、還總是意猶未盡的。這簡直是作者另一本小說——《螢》中的「陳太太」麗貞的翻版，那位千金小姐一入家門，就脫胎換骨地上山下田，成為標準的農家婦。

六、愛得無怨無悔的顏琪——掛在顏琪嘴上的那句「你要我往東，我怎敢往西呀！」正說明了她對「陳大哥」的信任與愛，已經到了無怨無悔的地步。當「陳大哥」積勞臥床時，她除了一下班就趕來探望，又特別透過長官特准，請了一天「陪病假」，不但撈過界地到辦公室協助裝訂資料，還呼群保義地拉參謀們下水，惹得康樂官笑著抗議她「領康樂部門的薪水，卻幫福利部門工作」。尤其是「陳大哥」帶她回過碧山老家後，得到兩老的認同，顏琪也同時認定，她與「陳大哥」的終身鴛盟，已是雙方相互的默契與承諾了，這也是小倆口感情的最甜蜜期。

七、病得無力回天的顏琪——「聲帶手術」對顏琪而言，是她一生幸福的分水嶺；雖然「陳大哥」奉命不眠不休的在病房裡陪著她，正是愛情開花結果的表現，更是長官們對他們姻緣的肯定；女人的敏感，使得她從聽到「陳大哥」在病房門口，與黃華娟的初次對話、主動送她著作起，就有了警覺：緊接著顏琪出院時兩人的握手與眼神交會、顏琪無言抗議的冷戰、在太湖畔明示情變會「沒完沒了」和「拚命」、勞軍晚會讓顏琪在臺上親睹黃華娟的頭靠在「陳大哥」肩上、「聊」到宵禁找不到車回醫院：：：每一次出狀況，顏琪都在「陳大哥」的四兩撥千斤之下，或沉默以對、或支吾其詞，僅以保證愛心不變相應，絕未澄清與黃華娟間的清白；即使在黃華娟安排週日替顏琪檢查病情，再往「古崗湖」與「文臺古塔」的三人行之後，弱勢的顏琪始終只能以「我還是會『心酸酸』的！」來回應「陳大哥」的「守著愛情享受『友情』」；相對於顏琪的專情，作者所安排的結局，已是一種極富道德性的結局。

綜觀全文，作者對劇中人物的表情描繪、動人反應、心理敘述都花了一番功力，倒是人物特徵的細部具象特寫，完全被遺落了；尋遍十六萬字後，我沒看到顏琪的「水」在那裡？有的盡是一些粗糙的輪廓，抽象的形容詞和外在服裝的表象。如果這是作者一貫的寫作風格，沒有為人物做細緻特寫的習慣，或是過分在意於心理的分析了，都是可以理解的。畢竟，小說不是素描，圓臉、方臉、瓜子臉；丹鳳眼、瞇瞇眼；鷹勾鼻、朝天鼻；反正您想給他什麼樣的類型，就想像成什麼樣子，如此隨心所欲，正是給讀者更大的想像空間，您接受嗎？

顏琪在《失去的春天》裡，是第一女主角。她和「陳大哥」的那段姻緣，因無心插柳的「調戲」而相識，因爭取藝工隊員的福利而產生交會，感情的花朵在長官的牽引下，奠定了大開大放的契機；尤其是適時而來的，那段為時不短的《小據點巡迴服務》，更為他們感情烘焙加溫，而趨於成熟。做為藝工隊的當家主持人，在散播歡樂的工作上，稱為「安琪兒」是恰當或是過譽，仍屬仁智之見；但以「紅顏」相稱，應不為過，至少她也曾為「陳大哥」帶來了不大不小的幾場「禍水」。作者安排她在《失去的春天》過完一生，或許是現實的無奈；尤其是那付「毛髮脫落、眉毛消失、一身皮包骨」的「美人遲暮」的影象，更是現實的殘酷！誰說不是「紅顏薄命」！

2　黃華娟——終是明日黃花的狂狷者

狂者進取，狷者有所不為也。

——論語子路篇

文藝寫作和文友在陳長慶的小說中，常常是情節上最現成的橋樑。在《失去的春天》裡也不例外：顏琪因主任的推介「他還是個作家：不但寫小說、寫散文、寫評論、出過書；還要辦雜誌。」而對他另眼相待；政三組的郭緒良是寫詩的文友；尚義醫院的大夫曾文海是詩人文友；護理官黃華娟是寫散文的文友；《考指部》的上尉「行政官」文曉村、《第一處》的謝輝煌中校都是詩人文友。在這許多文友中，尤其是「陳大哥」口中，「又美、又動人、又妖豔、又熱情」的黃華娟，更是《失去的春天》不可少的臺柱。

要說黃華娟，不能不提那位「詩人大夫」曾文海：這位曾大夫雖然為顏琪解除了聲帶病痛的致命打擊，延續了她的演藝生涯；卻也為顏琪的感情生命，引進了另類的致命一擊；如果能重頭再來一次，說不定顏琪寧願放棄有如中天的演藝舞臺，和終身發不出聲音的痛苦，而選擇與「陳大哥」長相廝守，早日的歸隱田園，共同耕耘那屬於兩人的愛的甜蜜世界。

如果不是曾大夫在「陳大哥」面前的多次提起、當面的「胡言亂語」、側面的敲邊鼓、又是三番兩次的「反提醒」、帶黃華娟參加擎天廳晚會發生「頭靠肩」事件、尤其是趁顏琪到外島作小據點演出，為他退役的餞行宴上，更是極盡挑逗之能事，弄得兩個年輕人心猿意馬、藉口酒精作祟地去進行劇情。否則，黃華娟和「陳大哥」這兩個「角」，可能會像「陳經理」和福利站中的那麼多的小姐一樣，未必會「投影波心」和「互放光芒」，和顏琪共同成為《失去的春天》的愛情三角戀。

在黃華娟和「陳大哥」的感情發展過程中，作者費盡心機的灌輸讀者一個印象：「陳大哥」是無罪的！所以在每一次的交會後，總有一些「剎車」的機制：初次見面後，安排顏琪在簽呈紙上寫著：「陳大哥，我愛你，我不能沒有你。」；經過病房應對和傾聽「陳大哥」與曾大夫的對話後，藉曾大夫之口說出：「少看黃華娟一眼，你沒發現，顏小姐不高興了。」；顏琪出院時的握手和交會，又讓曾大夫說出：「車上有人不高興啦！想腳踏兩條船，你會死得很難看！」加上顏琪無言的抗議，太湖之行再用「沒完沒了」，「拚命」和「發火」來警示一番；那場「婦聯會」勞軍晚會的黃華娟鄰座飄香後，曾大夫又說：「臺下的人急著走，臺上的人等著生氣；朋友，你的戲還沒完。」會後顏琪立即電召「陳大哥」至文康中心當面抗議；為曾大夫餞行的那場飯局後，識趣的曾大夫藉故去找衛生院學弟，衍生在山外溪畔的那場「妳的舌尖在我的嘴裡蠕動」，是黃華娟和「陳大哥」感情戲的突破點，再因曾大夫的「放鴿子」，向馬士官長調車而情節外洩，還好顏琪只風聞到後半情節，仍然發出「交情不好能在中正堂交誼廳聊到宵禁？聊到找不到車子送人家回去？我只是忍下不說，並不是不知道！」的尖聲怒吼；過分的是在感情突破之後，竟然於光天化日下，在太武山腰的巨石上，玩起「舌尖蠕動」的遊戲；病中的顏琪在古崗湖的三人行時，除了讓「陳大哥」和黃華娟結伴划船，也只能無力地說：「如果她再把頭偏向你，我還是會『心酸酸』的！」而已了。

從以上黃華娟和「陳大哥」的感情歷程看來，大夫曾文海所扮演的角色，幾乎就是幕後的那隻「黑手」；作者把所有的機遇都歸功於這位詩友，換句話說，所發生的一切意外，也都是這位詩友的罪過了。這位詩友大夫如何的「胡言亂語」，其中的精華都集中在第十三章，「陳大哥」和黃華娟為他餞行的晚宴上，原文精彩處頗多，為了避免有騙稿費之嫌，不便照引，讀者們如有興趣，不妨自行參閱。

黃華娟這個四川女孩，也是來自軍人家庭的，父母住在鳳山陸官的眷舍，弟弟就讀警官學校，臺北市永春街五樓的住所是姊弟休假的家。以她「少尉護理官」的官階，如果用一般的專業培養年資計算，年齡應該不在顏琪之下，只是以先來後到之故，稱顏琪一聲「顏琪姐」罷了。

在《失去的春天》中，黃華娟被定位為：熱心、熱情、漂亮又敬業。「以文認友」且對陳大哥「主動出擊」的角色。

——顏琪住院時：：沒有說來由地為「陳大哥」端來一杯熱牛奶，提了一床「三花牌毛巾被」。

——顏琪出院時：：我正要收回不知覺而伸出的手時，她卻大方地伸出細柔的玉手，讓我握住；：：她何嘗不是多看了我好幾眼。

——自從在《擎天廳》看過晚會後，她單獨來找過我好幾次。有時：：她的表現、她的動作更是強烈；有時：：隱隱約約提了一些讓我靦腆的問題。

——曾大夫要「陳大哥」在給她的贈書題詞中，加上「親愛的」三個字時；她看後，摀住嘴，開懷大笑。：：看她興奮的臉龐和怡人的笑靨：：。「陳大哥」不簽時，她藉故上洗手間，讓兩個男人乘機溝通一番。：：簽下後，我舉杯飲盡，：：她含笑地看看我，也同時飲下。

——圍籬下的一條小水溝，我不得不禮貌地伸出手來，攙扶她小心地跨過。而她卻緊緊地挽著我的手臂，頭斜靠在我的肩，我也把手環繞過她的頸後，放在她的肩上。

——我輕輕地移動了一下坐姿，把她斜靠在我肩上的頭，微微地挪開；而她竟猛而地環抱住我，滾燙的舌尖，已在我嘴裡不停地蠕動著，時而在舌上、時而在舌根，也燃起我青春熾熱的火焰。

——我又一次地輕推著她，她依然緊緊地抱住我。轉而地俯在我的胸前，像要把頭鑽進我的胸腔裡，那麼地壓迫著我。：：：她抬起頭，雙手勾著我的脖子。她的舌尖又在我的唇上舔著、舔著，一遍遍、一遍遍，讓我如癡如醉、讓我想起牡丹花開的時節。

——我輕輕地托起她的臉，她的淚水已沾濕了，我欲為她擦拭淚痕的手掌。猛而地她又抱緊我，含淚的嘴唇在我臉上狂吻著，讓我嚐到鹹鹹的淚水，且也讓我的精神和理智崩潰。我張開雙手環抱她，吻遍了她頰上的每一個角落；從耳後到頸上、從眼角到嘴唇，吸著她的舌尖，也失去了我一向自視清高的人格，終究被一顆純潔、熱情的心所同化。我是憐憫？還是同情？是真愛？還是玩弄？不，不是的，什麼都不是！我們都沒有罪：：：

從以上引述中，我們見識了黃華娟的進取，也只是為她的「狂者」性格做註釋；或許有些讀者會懷疑：「陳大哥」何其幸運，能有如此的豔遇；為何我們就沒有機會體驗一番？其實不難，你可以到「陳大哥」的書店去「拜師」「取經」；如果您有那份機緣，「陳大哥」又肯洩露些許天機，那您就終身受用不盡啦！至於，黃華娟的「點到為止」，守住「狷者」的「有所不為」，實際上，就是作者「道德層面」的自我覺醒；也就是這「道德層面」的最後一道防線，才使得黃華娟成為年輕護士們口中的「老姑婆」。

至於黃華娟後來使出的「服侍『老太爺』」的「步數」，是發生在「陳大哥」第一次專程赴三總探望顏琪的時候。本來那就是一趟「悲傷之旅」，對顏琪、顏父的許諾，也都是莊嚴的；當「陳大哥」在三總顏琪病床前，守了三天三夜之後，作者立意要打開「陳大哥」鬱悶的心結，教黃華娟使出那套「服侍『老太爺』的七招式」，事實上是頗為唐突的；面對海誓山盟的伴侶，臥床不起，如此的安排，會不會「轉」得太「硬」？是否真有「消憂解愁」的效果？或許又是見仁見智的問題了。

就《失去的春天》的兩位女主角，我蠻同情顏琪的：同情她愛情路上的曲折、同情她的無能為力、同情她的情海遺恨；至於作者所刻畫進取的黃華娟，說實在話，我很難不表示異議。很率性的說，如此的安排，不過是「陳大哥」的「大男人主義」心理在作崇罷了；儘管作者於「寫在前面」和「尾聲」強調寫的都是事實，可是，我仍然寧願它只是一篇小說而已。

或許，它真的只是一篇小說而已。

3　陳大哥——自認越陳越香的大哥大

《失去的春天》裡面的「陳大哥」是金門人，家有二老，兄弟姐妹不詳，擔任武揚營區的福利站經理，同時兼辦防區福利業務；他還是個作家：不但寫小說、寫散文、寫評論；出過書、辦過雜誌。

其實，福利站經理本職是軍中聘僱人員編制，工作地點應當是在福利站內；就因為多了「兼辦防區福利業務」的頭銜，才有兩個辦公處所，組裡、站裡兩頭跑；在福利站裡，他是頭頂一片天，獨當一面；但在政五組的辦公室裡，除了文書、傳令外，組內的成員都是少校以上的軍官。所以作者才特別強調「雖然我不具軍人身份，但也是經過防區司令官任命，國防部有案的福利單位主管。在幕僚單位，除了主管官外，其他無論官階的大小，各司其職，替長官負責任。」也才有藝工隊裡的戲劇官——何中尉因爭風吃醋而再三挑釁，此事容後再論。

雖然防區的福利品供應站很多，但是武揚營區的福利站畢竟是「天下第一站」，除了免稅福利品供應部外，還有文康中心、小食部、免費理髮、沐浴、洗衣部：：等；更因為「陳大哥」的兼職大於本職，搶了組裡那位「福利官」的業務——因為歷次調來的「福利官」，在業務尚未進入狀況時，又準備要輪調、要高升，甚至從《車動會》調來的李中校，連一份簽呈都擬不出來——使得他承辦的「每季一次的『福利委員會』，必須把防區所有的福利業務，如：免稅福利品供銷、特約茶室、電影院、文具供應站、免費理髮、沐浴、洗衣：：等各項收支情形，做數字上的統計工作，而後撰寫檢討報告、業務報告。」再加上年節的「慰問金」、「加菜金」，或者臨時編組的「小據點服務和低價服務」、「廢金屬品處理」：：等等，單看這份菜單，確實是讓人頭大，也難怪在第五章的時候，「陳大哥」要大病一場，讓長官特准顏琪一天的「陪病假」；那麼，「陳大哥」是怎樣獲得長官『你辦事，我放心』的充分授權」？根據「陳大哥」的自白，他「憑的是對業務的嫻熟和投入，以及不容懷疑的品德和操守。也必須經過一段時間的考驗」。

由於「陳大哥」是經過多年的磨鍊，才能安居其位；在業務上自是得心應手，表現出十足的自信，那份自豪幾乎是寫在他的臉上；所以在《失去的春天》中，他曾再三地強調他的工作態度，以下是幾段引述：

——我自己也不敢認為有高人一等的能力和才華。但想在這個社會生存，想要服人，除了品德外，工作的表現、業務的熟悉，都是最直接的主因。逢迎拍馬、投機取巧，已無法在這個政戰體系裡生存。長官舉才，講的是苦幹實幹；心存僥倖，終是要被淘汰的，還要埋怨長官不公和偏心。

——有的只是對業務對工作的更投入。長官欣賞的是務實，而不是投機和浮華。長官看的是操守和品德，而不是偽君子。打小報告的、鑽門路的，依然逃不過他們雪亮的慧眼。因而在他們精明的領導下，我們投入的心血，對工作的熱衷，也從未出過任何差錯。相對的，也深受長官的愛護和肯定。

——我們憑藉著自己的能力，憑自己多年的工作經驗；非分的要求，不必接受，不必為五斗米折腰；除了爭氣，也要有骨氣。

——我會秉持著自己的良知，不管環境多麼惡劣，『法』與『理』己在我內心根深蒂固，不會動搖的。

——藝工隊演出時，我並沒有聚精會神地觀賞，反而利用這段時間，順便整理主任發放的「加菜金」、「慰問金」而回收的領據，深恐有所遺漏，將會影響日後的結報。

——「真理」終將戰勝「邪惡」。不管環境如何惡劣，我寧願選擇「大人」無法忍受的「方方正正」，也不願「逢迎大人」的「圓圓滑滑」。

——雖然我不具軍人身份，卻是替長官辦事、對長官負責。我的為人你清楚，追求的是「方方正正」而不是「圓圓滑滑」，你的官階雖大，我的權責也不小。如果再仗著高官親戚的「勢」，要我「走著瞧！」，我依然要說：「隨你便！」

——我並不是想惹他（首席副主任），而是秉持自我的良知來辨事，依規定、按法令，不會向強權強勢低頭屈膝；他如想整倒我，也是輕而易舉之事。如果我同流合污，知法犯法，將對不起祖宗，對不起養育我的父母，還有願意陪我回歸田園的顏琪，以及給我友情、也給我愛情的華娟。

他那份終身不改其志的「方正」之好、與對「圓滑」之惡，落實在對兩位「首席」的身上——「首席副主任」（「陳大哥」口中的「大老爺」）和後任的「首席參謀官」。尤其是在第十五章，某師福利官蘇上尉要以便條領取「免稅福利品點券」時，引發了和「首席參謀官」那場「方便」與「刁難」的戰火，還驚動了組長出來調停。其實，「陳大哥」並不是那麼的不通人情，至少有兩處的表現，還算是頗「變通」：

一、當負責煮飯的上士班長老石，等了兩個多小時之後，還沒輪到修面刮鬍，又必須趕回廚房下米煮飯而發火時，安排他到服務對象必須是少校以上的軍官部理髮。

二、比照現役人員發給藝工隊隊員三種「免費票」，及親自帶她們進供應部買「免稅福利品」。

只是我們不知道他的「變通」，是真正基於「同在一個大單位中服務，彼此都是同事，能相互照顧，能為她們謀取應得的福利，也是好事一樁，我何樂而不為？」還是僅有的「例外」。

接著，就以前面提過的「戲劇官事件」，以「陳大哥」的「方正」作風，平心討論他處理「免費票」與「免稅福利品」的風波：

「戲劇官事件」的何中尉，在三波衝突中，頗有「老鼠走進牛角」的味道，主因是因愛生恨、走火入魔而不克自拔：

第一波衝突是發生在《后扁》的小據點服務時，何中尉當時是《藝工隊》的領隊，主持節目的顏琪趁著魔術師在表演的空檔，摸魚去和「陳大哥」嗑牙閒聊，何中尉眼看魔術快要變完了，叫顏琪速回臺上，本是職責所在，倒也無可厚非；至於是否「尖聲咆哮」，還有距離因素和主觀判斷的差異；再扯上拒絕「請看電影、吃宵夜」而「耍起威風」，實有「擴大心證」之嫌；何況，顏琪還在女隊員與戰士共舞的時候，故意拉「陳大哥」下場，給何中尉一段現實的回報。

第二波衝突是發生在擎天廳的三月份慶生晚會後，「陳大哥」要交付現金換回「假紅包」並取回收據時，兼辦行政的何中尉藉故是「刁難」，且不繳交付收據；當何中尉被《藝工隊》隊長指責之後，「陳大哥」把人情賣給隊長，「先交付獎金，明天再補收據」；隨後組長又把何中尉刮了之後，電召「陳大哥」到「文康中心」安撫一番。其間，何中尉是明的挑釁，卻是「賠了夫人又折兵」；「陳大哥」則是「面子裡子」都有了。

第三波是何中尉在明槍落空後，改射暗箭——向有關單位反映「陳經理」擅自核發免費票予非軍人身份之藝工隊員、及讓藝工隊員逕行購買免稅福利品而外流。這時的何中尉似是不擇手段了，至少享受福利的是自己的屬下隊員；或者他是以「大義滅親」自許，但總有那種「大水沖倒龍王廟」的味道，最後的結局是，何中尉被調走了！

那麼，「陳經理」的處理是否「合法」？是否合乎他的「方正」原則呢？

我們先看看「陳經理」在小組會議上，答覆黨員同志顏琪建議的說法：

「四大免費服務目前我們只辦了三項，免費理髮、洗衣，沐浴，這三項都在我經管的範圍內；從下月起，雇員可併同現役人員造冊，依規定核發免費理髮票三張、沐浴票六張、洗衣票四張。免稅福利品點券因必須按正式驗放人數核發，其權責是在《國防部福利總處》，編制外雇員依規定不能發給。不過我們也可以用變通的方式，依點券的價值（每點折合臺幣一元），再按貨品的配點數，加在售價裡，還是便宜很多。不過大家要記住，福利品是不能外流的，這只是給予各位同志最直接的福利。」

「我會交代供應部的管理員，儘量給予妳們方便，最好事先通知我一聲。」

再看看「陳經理」對反映資料的答覆：

一、依據本部「四大免費服務」規則第二條第三款，其服務對象為本部各幕僚單位官兵及聘雇員工；藝工隊雖為臨時編組單位，所屬隊員均為本部合法之聘員，依規定享受免費服務，並無不合法之處。

二、「國軍免稅福利品」點券之核發，係依據現役官兵之驗放人數。然，免稅福利之供應對象，除現役官兵外，尚包括眷屬及聘員，憑眷補證及職員證補足點券之差額，並依規定限量價配，造冊列管，並無外流之情事發生。

從以上的兩段敘述相互對照，如果以「圓滑」的角度來看，可算是「予人方便」，確是好事一樁；如果以「陳大哥」的「方正」角度而言，前半的「免費服務」既是地區自行辦理，且服務對象包含聘雇員工，則不僅該發給，還落了個「遲來的正義」之嫌；關於「免稅福利品」供應部分，就尚有可以「吹毛求疵」之處了：既然供應對象包括眷屬及聘員，自應如後段答覆所言：明白宣示「憑眷補證及職員證限量價配」，豈可勞動你堂堂經理親自帶藝工隊的女隊員進場，還特別交代管理員給予方便？難道「陳大哥」不覺得「個別帶進場、特予方便」有點「走後門」的味道，不如來個「公告周知、一體適用」比較「方正」多了嗎？當然，如此就少了些「權力」的滋味了！

至於「陳大哥」在當選為軍中某黨部的區分部委員，並且實際指導了藝工隊的黨務小組後，對「黨務組織」深入軍中體系，也有一段一針見血的批判。我們卻看看他怎麼說，也就夠了，不必再「畫蛇添足」了：

「黨」的組織，在軍中已儼然成為一個重要的體系。黨務介入行政公開運作，已是不爭的事實。它在團體裡，已衍生出一些行政系統無法理解的問題。除了本身繁瑣的業務，黨所交辦的：不是「速件」，就是「最速件」；不是「密」，就是「機密」；不是「面談」，就是「回報」。小組會、委員會，不容許你不聽、不從，無形中增添了不少精神上的負荷，和工作上的壓力。然而，這總是一件無可奈何的事，只因為你是黨員。

綜合以上的論述，我們可以發現到：任勞任怨的「陳大哥」，在上級長官的疼惜下，兼辦繁瑣的福利業務，自認勝任愉快且績效優異，自然地流露出他的高度自信與優越感；表現在業務上的作風，除了他口中有稜有角的「方正」之外，還有更權威又神通廣大的「魄力」；其後因請假未准，而遞出辭呈時，更以「組長眼見事態已大，親自帶著我的辭呈，直上《主任辦公室》」，帶回來主任：『准假乙週、辭職免議』的批示，來突顯出「捨我其誰」的「大哥大」情懷。

4　廖主任——《金門文藝季刊》的催生者

在《失去的春天》的「寫在前面」裡，前《金防部政戰部》主任兼《政委會》秘書長廖祖述將軍，是作者懷念老長官的首位；《金門文藝季刊》則是作者寫作生命裡，一段永難磨滅的歷程。

小說裡，作者只在赴大膽島進行春節「離島慰問」的小艇上，主任就有關《金門文藝》申請登記證的事，當面告訴故事中「陳大哥」的一段話：

主任發現了我，或許他還記得前些日子，為了《金門文藝》申請登記證的事，到辦公室晉見他。

「金門文藝的事我已交代過，祇要你們具備完整的手續，不會有問題的。」

「謝謝主任。」我向他舉手敬禮。

「他們體會不到，你們想為家鄉辦份刊物的心情。雜誌還沒出刊，安全就先有問題，胡搞！」他慈祥的臉龐，浮起一絲不悅。

短短數行，一般讀者是很難體會出其中辛酸的；做為《金門文藝》發行人的陳長慶，這一路走過來，酸甜苦辣，真正是滿腹牢騷；就算是歲月流逝三十多年後的現在，偶而提起，仍然是不勝唏噓。

回憶起六十年代的當時，由於處於戒嚴時期的大環境下，政治氣候不像現在這般；完全是「黨國一體」的體制；只要有些不同的意見，就可能隨時會被戴上紅帽子，成為「異議分子」；敢膽批評時政、說政府不好的人，就是「黨外人士」；沒有加入國民黨的人，免不了被通知要「解聘」、「走路」；黨部進駐政府機構底樓，嚴密掌控著政策人事；甚至連保送升學，都會因為沒有入黨，而被「取消資格」；完全奉行那條「不是同志，就是敵人」的金科玉律。

諷刺的是，無數個後來成為「異議分子」的「黨外人士」，卻都是走過「國民黨」的；好像是，要先加入「國民黨」，才有資格成為「黨外人士」似的；要成為「黨外人士」的，也都必須先到「國民黨」這個先修班，去見習見習似的。

當時臺灣的政治活動，還是處於啓蒙時期，階段性的政治目標以教育民眾為主，所以政論雜誌成為主要的政治工具；相對陣營的策略變成一個永無休止的惡性循環：

你創刊一本雜誌，我就查封一本；
你印刷一期雜誌，我就沒收一期；
我查封一本雜誌，你就再創刊另一本；
我沒收一期雜誌，你就換家印刷廠再印一期；

所以，一本新創刊的雜誌，讀者根本無緣過目，就在印刷廠、裝訂廠裡夭折了，不算是新聞；一本以四個字為名的雜誌，只有兩個字是固定的，另外兩個字不斷地在更新，大家都知道，其實那是相同的一本雜誌；一般書籍難以例外，政論書籍更不在話下；一本書要撕掉幾頁、或把若干字塗黑之後，才能和讀者見面，都未必是笑話。這種「官兵與強盜」遊戲的主角，在中央是行政院新聞局和警備總部、在地方是省市新聞處和縣市文教、安全單位：他們發出去的查禁公文，是一大本一大本厚厚的清冊；同時，只要和文字沾上點兒蛛絲馬跡的，都要列入輔導管制；他們的業務，美其名是文化輔導，其實也不過是政治查核罷了。

這就是六十年代的文化事業！

不騙你的，在六十年代的時候，想要開一家書店，靠賣點書報雜誌糊口，曾是遙不可及的夢！

只因為，書店是文化事業！（向所有的書店老闆敬禮！）

在這種時空下，想在金門創辦一本雜誌，還不是普通的不容易！

《金門文藝季刊》的創刊，是不是真正的「美夢成真」！

打開近年來的浯島文藝史，我們曾「自」豪地以為，自唐宋以降，自朱熹啟蒙以來，浯島的文化是源遠流長的；我們曾「自」慰地倡言，浯島的文化曾一度淪為「文化沙漠」，是大家使它走過「文化綠洲」，也綻放了不少的「名花異草」！

或許我們不必妄自菲薄！可是，我們也不必……

浯島的文藝環境並不是很好的。

我曾讀過一本四十年代，由中國青年救國團金門支隊部出版的文藝刊物；

五十年代末期（民國五十八年）的「金中青年」創刊號裡，曾有兩篇如今看了會讓我自覺臉紅的賤作；

六十年代起，金門縣政府的文宣刊物「今日金門」領導風騷；中國青年救國團金門支隊部又重新出發，陸續出刊了二十幾期的「金門青年」；各國中、甚至國小的校刊，更如「雨後春筍」般地，一年一年地出版著…………。

當然，我們更不會忘記，從「正氣中華報」到「金門日報」的「正氣副刊」，再解嚴成如今的「浯江副刊」，是近年代金門文藝史，全程的參與者；多少作者從此處出發、多少作家在此處養成、多少名筆於此處落墨；譽為金門文藝發展的搖籃，絕不為過！

但是，金門文壇的民間刊物在那裡？是「浯潮」？是「臺北縣金門同鄉會刊」？還是…………

我不知道。真的。我一點兒也不知道。

可以肯定的：沒有廖主任的協助，就不會有《金門文藝季刊》的創刊；沒有陳長慶的傻勁，也不會有《金門文藝季刊》的誕生；沒有許許多多文藝愛好者的支持，沒有大家無我無私的出錢出力，更不會有一期一期的《金門文藝季刊》。

說起《金門文藝季刊》的誕生，陳長慶仍然有著刻骨銘心的感觸：

由於六十年代的時空背景一如前述：文化事業仍是一個極度敏感的領域，申請刊物執照更是一項極高難度的挑戰；基於文字的印刷，延伸下去就是對思想的影響，在那種思想尚未開放的時代，主其事者不願多此一事的心態，也是可以想像的；即使是定位為「純文藝」的刊物，難免還是抱著「多一事不如少一事」來得妙的想法，所以，申請刊物執照登記的一波三折，在所難免。

首先，陳長慶面對的是發行人的資格問題：以一個初中一年級即輟學的失學青年，自然提不出「大專」的學歷證明，去申請擔任發行人；還好，他的那本集散文、小說、評論於一體的「三合一」文集—

——「寄給異鄉的女孩」，當時已經結集出版發行了，再加上另一本文藝雜誌——「小說創作」月刊的義助，提供了陳長慶所必須的編輯經歷證明，才解決了第一道困難的關卡。

其次，是申請登記的同時，要提供資本額新臺幣貳萬元的銀行存款證明；當時一般公務人員的月薪，也不過是一、二千元左右，二萬元不是一個小數目；如果有能力獨自提出這筆款項，陳長慶也就不必中途輟學，去做軍中雇員了。話雖如此，身外之物的問題，總是比較容易克服的。

所謂的「有安全顧慮」這道關卡，才是真正的難題所在：本來嘛，人心隔肚皮，今天你申請要出版文藝性雜誌，誰敢保證你那天那根筋不對勁了，隨性變成了什麼性的；如果准了你的申請，以後你要在白紙上印些什麼「黑」字，我怎麼會知道；萬一你「掛羊頭賣狗肉」，盡要玩些文字排列組合的遊戲，捅出了些或大或小的漏子，到頭來還不是麻煩一樁；為了防範未然，用有「安全顧慮」這麼好的顧慮，先打了你回票，省得你利用機會搞怪，成為走上歧途的羔羊、也省得我日後麻煩，說不定還落個「引誘犯罪」的嫌疑，正是「一舉兩得」、「兩全其美」的「預防重於治療」；想起來還真是「深謀遠慮」地，著實是為了陳長慶著想。

偏偏陳長慶就是不知好歹，仗著會耍筆桿子，仗著有「李蓮英」似的便利，硬是請出了「廖主任」這張大牌，來個長官「交代」一番：一方面拿著「為家鄉辦份刊物」的「沽名釣譽」藉口，掛上了「金門」這塊金字招牌；另一方面還不知「居安思危」地缺乏警覺性，硬要扣上什麼「雜誌還沒出刊，安全就先有問題」的大帽子，膽大包天、狗仗人勢地罵執行公務的人「胡搞」；要知道，戒嚴狀態下，最有效的通行證就是：「上級長官交代」；也就只有「人在屋簷下」、不再顧你死活地原文照呈，把申請案轉給了新聞局了。

如此一轉，倒給陳長慶轉出了金門地區，在戒嚴狀態下的第一張民間雜誌的刊物登記證來了！

5 大老爺——『好官』我自為之的副主任

紅花總須綠葉來襯托。在《失去的春天》裡，被作者拿來襯托好的老長官、老朋友的是同樣會「瞇著三角眼」且「臭味相投」的兩位首席：一位是政戰部裡的首席副主任、一位是政五組裡的首席參謀官；也是在《失去的春天》裡，作者用了不少的筆墨，唯一使用細部描寫，刻畫出他們嘴臉的人物。沖著作者的這份優遇，如果不稍加推介，實有辜負作者一番苦心之憾；實際上，如果作者肯再多費些筆墨，何嘗不是一幅現代版的「官場現形記」！

說實在的，六十年代的我，離開校門之後，還是又走進了校門，對當時的長官們的大名，所知實在有限；何況在當時，高級長官的尊姓大名，是列為最高的軍事機密，所以確實不知道作者所描述的，這兩位「反角」人物是誰？我只能根據《失去的春天》的內文敘述，整理出以下的頭緒，或許有些讀者看了，就能一目瞭然：

當時的政戰部主任是對「陳大哥」恩同再造的廖祖述將軍，副主任有兩位：作者只寫出督導二、五組的是留德的王副主任，簽在公文上的是「德鈞」兩個字；至於那位督導一、三、四組的首席副主任，作者只是稱呼其為「大老爺」，而避其名諱，也許在作者的觀念裡，尚深植著為長者隱其私的傳統美德。尤其是在他們三人中，只要是主任或王副主任差假時，「陳大哥」所簽呈的公文，就一一地落入了「大老爺」的掌心了，所以「陳大哥」只有「腳倉後罵皇帝」地自慰一番，總免不了有點兒「餘威猶存」的味道。這和「陳大哥」與組裡那位「有家有眷的『大官』，瞇著三角眼跑《特約茶室》，想白吃、白喝，黏住人家『蓬萊米』不放」的首席參謀官，所進行的針鋒相對、脣槍舌劍的高分貝爭論，實在是大異其趣。

首先讓我們看看作者筆下的「大老爺」是怎樣的形象：

——尤其是我們那位新來的首席副座。他從不以正眼來看你，而是用眼角來瞄你。我們看到的不是慈祥可親的臉龐，而是額下一對看來即『色』又『奸』的小眼。

——他蹺著二郎腿，嘴上刁著煙，冷嘲熱諷、不正眼看人是他的標誌。

——經過「大老爺」的門前，裡面有了爭論的聲音，不知道那一位幸運的參謀，在聽「訓」？我情不自禁地冷笑一聲，輕「呸」了一下，嘴裡喃喃地說了一句「什麼東西！」——四個不太文雅的字。

——「大老爺」，你貴為首席，只摸清了庵前的門路，前門讓你汗顏，後門有人迎接。

——我們『敬愛』的長官，那付『可愛』的嘴臉，得到的是部屬的噓聲，何能贏得我們的尊敬。庵前茶室如有新進貌美的侍應生，總要先「恭迎」他「大駕」的光臨，又有誰不知？喝起酒來，官夫人也好，未嫁的姑娘也好，大伸其下三流的魔掌，又有誰不曉？然而，這些低級的傳聞和瑣事，我卻難以啓口。

——但你也要記住，如果不自制，想在庵前茶室繼續「泡」，總有「梅毒」上身的一天；如果不用「正眼」看人，久了眼睛自然「傾斜不正」。不要忘了「官」外有「官」，「人」外有「人」。

從以上生動的描繪，對於「大老爺」的不以正眼看人而自然「傾斜不正」，或許是天生異相，我們不能拿來當做話題；對於他的「蹺著二郎腳」，或許是在「媳婦熬成婆」的過程中，導致他的腳壓產生異樣，我們應該多加同情才對；對於他的「官大」愛抓人去「聽訓」，或許是他的祖上有德或者是上一輩子積了德，我們要尊重因果輪迴，至於下輩子如何，反正也沒有人知道；對於他的酒後失態，不管官夫人也好，未嫁的姑娘也好，都大伸其下三流的「祿山之爪」，或許是酒迷人性、或許是酒後見本性，反正都是酒精惹的禍；至於庵前茶室的諸多情事，其實是《失去的春天》的一條重要的支線，雖然本質上是「色字頭上一把刀」的即『色』又『奸』，頗令作者看不順眼的，根本上還不是孔老夫子的「食、色，性也」的另一個現實的詮釋。

　　軍中的「特約茶室」一直是地區難以擺平的問題，就像現在的發電廠、垃圾場一般，都有「最好設在別人家門口」的直觀偏見。尤其是「金城總室」，居然與地區最大的學校，及代表著地區文明精神的「朱子祠」，密切地儘有一牆之隔。但為了解決無數「金獨分子」——隻身在金的獨身族群——的「家事」問題，在漫長的戒嚴時期，儘管經過長時間的吵吵嚷嚷，仍然一直是燙手的懸案；甚至於解嚴之後，把這個「燙手山芋」端上了立法院的國事殿堂，成為萬民矚目的新聞焦點，才落個支解的終結命運。

　　「大老爺」與庵前茶室淵源之密切，可以從他不擇手段、費盡心思地想安排自己的舊日部屬，去擔任「管理主任」一事得到佐證：所謂的從前門進入庵前茶室，怕被人認出來，而要人在後門等著迎接的「汗顏說」；所謂的庵前茶室一有新進貌美的侍應生，總要先恭候他

「大老爺」去品鑑一番的「恭迎大駕説」，作者都有神氣活現的生花妙筆；一方面是表現出「大老爺」的「人性猶存」、一方面也十足地説明了「大老爺」的「獸性高漲」；從另一個角度來看，「特約茶室」既是為了解決「金獨分子」身體機能的需求，豈有只顧士兵而忽略長官的道理？而且專屬高級軍官的庵前茶室的設置，無寧是最「人性化」的設計！「大老爺」終日為國辛勞，急需鬆弛一下繃緊的神經，況且，休息是為了走更遠的路，即使是「在庵前茶室繼續『泡』，總有『梅毒』上身的一天」，也是名符其實的「鞠躬盡瘁」啊！

至於「大老爺」與「陳大哥」的連番過招，倒是高潮迭起，到底是誰佔了上風呢？

第一幕是「招募費」風波：

「大老爺」體恤兩位新進的侍應生，呼應庵前茶室的會計結報，在履約不滿三個月時，就提前支付每人一千三百元的招募費；「陳大哥」依「服務滿三個月，才可以給付招募費」的規定，剔除了這筆二千六百元的支出；無巧不成書地，審核結報時，「大老爺」正好代理主任，特地找來「陳大哥」，當面開導一番，再飭命退回重簽，擺明要護航那筆『招募費』，讓它過關。「陳大哥」當然是依命重簽了，但是在主計處的支持與政三組的面授機宜下，使了一招「緩兵計」，把公文壓到主任回來後，才再度呈上去，閃過了「大老爺」這道關卡，維護了「陳大哥」終生奉行的「公理」和「正義」；當然啦，在眾侍應生的面前，也塌了「大老爺」的臺子，突顯了他的無能為力。

第二幕是「庵前茶室管理主任的任命」風波：

首先是「大老爺」把少校退役，幹過營輔導長的老部下——孫志坤交代「陳大哥」安排到庵前茶室任職，同時還特別提示「陳大哥」『帶著尚義醫院黃姓護理官喝酒去了，還有二號接待車，送她回去』的往事，究竟是以此來要脅，或是交換條件，其用心猶如司馬昭。食古不化的「陳大哥」只準備安插他當售票員，被「大老爺」一陣搶白斥責，帶著「回去看著辦」的威脅，還是敷衍似地把案子轉交給金城茶室。等不到下文的「大老爺」，面對處處以法令規章相對抗的「陳大哥」，眼看是此路不通了，就叫福利中心直接簽報孫志坤擔任庵前茶室的管理主任；「陳大哥」在上下交迫下，幾乎是措手無策的關頭，意外得到政四會簽的回覆是：「該員有賭博及毆打士兵之不良記錄」，於是，喜出望外地否決了這件泰山壓頂的人事案。

　　緊接著，大勢逆轉，「陳大哥」終於嚐盡了苦頭：當心愛的顏琪重病纏身，後送至三軍總醫院就醫，心急如焚的「陳大哥」，恨不得插翅飛到愛人身邊時，請假的簽呈又落入了「大老爺」手中，冤冤相報似地壓了幾天，再批了個「一、無正當之理由。二、應以公務為重」的「不准」；氣得跳腳的「陳大哥」，硬是遞了個「辭職」的簽呈，好在組長跳過「大老爺」那一關，直接得到主任「准假乙週、辭職免議」的批示，解決了請假的問題；在面臨六十年代最棘手的交通工具問題時，「陳大哥」原以為在手續俱全、萬事具備下，可順利請運輸組安排機位了，天曉得，「大老爺」又在簽呈上寫下：「陳員非軍職又非因公務、坐船可也」的神來一筆；幸好有《主任辦公室》的李秘書，安排改搭政委會的班機，才總算一波三折地飛向臺北。

後來，「大老爺」高升了「軍團政戰部主任」，到組裡來辭行時，還不忘說了一些「『方』、『正』固然好，但有時也必須『圓』一點，『方圓』、『方圓』嘛！」的道理；但是，讀聖賢書的「陳大哥」仍然是一本『不管環境如何惡劣，我寧願選擇「大人」無法忍受的「方方正正」，也不願「逢迎大人」的「圓圓滑滑」』的初衷，為這場你來我往的戰火，寫下了沒有勝利者的結局。

6　迎接另一個春天

由於本文不是以批評為主體的書評，而是側重於討論書中人物的分析解剖；所以和以前那幾篇評論文章，在口味上有所差異；這種方向上的轉變，不但少了一點兒義正辭嚴的說教味，還可能多了些生動活潑的氣息，可以捕捉到更多的潛在影像。這種改變，我個人的感覺是，更能深入陳長慶的內心世界，伴隨著他的思維脈絡，去挖掘他所想要傳達的訊息。不知您以為如何？

在《失去的春天》這篇小說裡，除了刻劃一段刻骨銘心的愛情、一個在「魚與熊掌」難以取捨而自溺的青年人，更為昔日的金門留下了片片剪影。我想，這也是作者另一個明顯的企圖，要提供給讀者一個記憶中的家鄉：他帶著大家走遍了金門的各處，傳達給「金門人」——不論是生於斯長於斯的本土人、偶然投影斯土的過客、或者曾在這塊土地上關懷過、灌溉過、視它為第二故鄉的友人們——一個清晰的影像，陪著大家共同緬懷過去、也和大家一齊走向未來；讓大家看到那段不堪回首的往昔、更讓大家感覺到突飛猛進的今日；不但緬懷過去陰暗的黑、更憧憬未來無限希望的藍！

在《失去的春天》裡，失去的是一個離我們愈來愈遠的春天，當我們發揮盛夏的熱與力、走過天涼好個秋、去面對嚴寒的磨鍊與考驗，迎接我們的，必定是另一個風光明媚的春天！

原載於一九九七年六月廿七日——七月四日《浯江副刊》

一水關山路迢迢

——陳長慶《秋蓮》讀後

謝輝煌

作家是寫出來的，更是「讀」出來的。在《秋蓮》這篇小說裡面，不難看出作者又「讀」了一些別人少讀的「人間書」，如理髮業的「行話」：雞（一）、身（二）、國（三）、原（四）、強（五）、王（六）、珠（七）、波（八）、尻（九）、寸（十）、墨賊（平頭）、蔡良（多鬍）、南山（洗頭）、澇良（修面）、賴塔（費用）、強仔坑（五元）、點吔（老闆）、儉坑（收費）等等。又如檳榔攤上的專有名詞：包葉、包青、雙子星、紅灰、白灰、老花等等。又如高雄市、臺南市、西港、灣裡，及秋蓮家鄉新復村等處的地形、地物、景色、風情等等。而一句「左邊是市政府，府後是港都有名的風化區」，便把高雄市當年的「繁華」盡收眼底了。此外，醫學、心理學、及遺傳學方面的知識，也不斷地在小說中展示著威力。

觀察人生、人性，是作者的另一種「讀」書的方法。例如：書中老馬首次出場時，作者透過直接的視覺和杜大哥間接的敘述，使人對老馬產生了深刻的印象：他頭上是「烏肉馬股」；足下是「棕蓑木屐」；嗜好是「酒煙檳榔查某賭」；行為是以「扁鑽」、「三角虎」稱霸鄉里，「騙吃騙喝，騙財騙色，向酒家和妓女户收保護費」；經歷是「剛從火燒島回來，變得更大尾」。著墨不多，而形象凸出。不「讀」得仔細、認真，難臻此境。

整個來看，《秋蓮》這篇小說的結構，誠如作者在〈後記〉裡所言：「是由〈再會吧！安平〉和〈逍遙浯鄉路〉串連而成。」旨在「

紀錄已逝的時光和歲月，以及內心難以撫平的悲傷年代。」寫小說，故事不一定要「真」，然作品中所隱含的創作「意識」，即寫作動機，則「如假包換」。換言之，故事只是一隻瓶子，瓶子裡裝的東西，才是最需要、最值錢的東西。

《秋蓮》這隻瓶子，只裝了兩顆飽經悲歡離合，又甜又苦的心。而那個悲歡離合的故事，只發生在臺灣和金門這兩塊僅隔一水，卻似近還遠，關山萬重的土地上。所謂「似近還遠，關山萬重」，是指金門早年處於「軍管」狀態下，人民往返臺金，比今天往返臺北、北京還要困難許多，即使在金門服役的軍人也不例外。舉個實例：當年有位剛從學校畢業不久，奉派至金防部服務的海軍中尉，休假返防時，因不諳單行法規，未先赴高雄「外島服務處」報到候船，而逕自搭乘他原服務單位的運補登陸艇按時返抵防區，依規定可簽會「政四」保防部門，以「非法入境」查處。幸第一處承辦人認為「情有可原」，且未逾假而未予簽處。嗣後有一因逾假而遭申誡處分的中校參謀向上面告狀，認有徇私、不公情事。經上級查得，承辦人員與該海軍中尉並無私誼，亦未抽過該海軍中尉一根香煙。完全是基於顧及該年輕軍官一生事業前途的考量，而從輕發落，私下告誡了事，故而未簽會政四，讓政四在該海軍中尉的保防資料上，記下一筆可大可小的「黑帳」。上級明鑑，乃不再追究。

由上述事例，便不難想像當年臺金兩岸，也有不知多少的牛郎織女不如的悲歡離合的故事，一直像海裡的暗流般在翻滾、洶湧，欲仿效「金風玉露一相逢」而不可得。金門人想娶臺灣小姐必經三關四卡，固不待言。臺灣去的阿兵哥，包括隔不幾年就隨部隊輪調金門的「老金門」老兵，雖和金門姑娘熱到海誓山盟的地步，也限於規定，而心灰意冷。結果，一聲輪調換防，「兵變」如山倒，海不枯而「愛」已竭，石未爛而「情」已碎。這種情形，說是「命」也可，說是「緣」也可。反正，月老有線繫千里，媒婆無能合兩家。很多美麗的故事，便潮起潮落在兩心之間，成了當事人永遠難忘的記憶與心史。好在時代變了，書中男女主角，還有臺南安平和金門醫院的兩次重逢，可惜的是，聲聲都是生離死別的時代悲歌，但這正是作者的命意所在。

如果讀者曾讀過作者於一年多前所寫的另一個短篇《再見海南島，海南島再見！》的話，當可記得作者在那篇小說中，曾提到從金門到海南，要先從金門飛臺灣，再由臺灣飛香港，然後轉機到海南，迂迴曲折，兜了個大圈圈的麻煩事情，而另一個事實，是當年划著小船到廈門去買東西的金門人，因「鐵幕」的鐵門一拉下，便變成了「廈門人」、「共匪」，甚至「匪諜」，不知何日返家園了。現在呢，站在廈門岸邊都可以看到對岸老家的屋門，若想回家一趟，也得從廈門辦好入香港特區的手續及入臺的申請，然後從廈門，經香港、臺灣轉金門。而等不及的親人，遊子的腳還來不及跨進古老的門檻時，最後一口氣竟卡在肚子裡，出不來了。所謂「迢遙浯鄉路」莫此為甚。現在，這《秋蓮》中的女主角，自從與金門籍的男主角相識而一見鍾情，而兩情繾綣互訂白首之後，也等了半輩子才得到「慈航普渡」。然最後的重逢旅程，幾近奔喪。雖然，阻礙重逢的另有曲折，如當初往返方便，故事就可能要重寫了。總之，這其中的一切的一切，誠如作者在下卷第六章裡機帶雙敲的話說：「它（金門）美其名為『停泊在廈門港口不沉的戰艦』，但仍然得看海洋大氣的臉色：飛機的起降，由不得人們自行操控。」當然，這也只能説是「大時代的小故事」。

小説是以呈現故事為主，呈現故事的方式，不外直接與間接。前者是採第一人稱「我」，作現身説法式的講故事；後者有如電視上的新聞主播，把「採訪」到的故事間接告知觀眾，亦即第三人稱「他」的方式來呈現一切的活動。《秋蓮》是採第一人稱「我」的表達方式，由男主角把他親身經歷的故事講出來。這種方式有讓讀者親臨故事現場的臨場快感，但也有不方便之處，即「我」不能在故事終了之前失去行為能力，而當「我」未親見耳聞的事情必須加入時，就得另謀補救措施。例如《秋蓮》中的「我」，最後幾乎是一個在鬼門關前等候判官來驗明正身的人，如是採用第三人稱來寫，就沒有如撞球檯上「洗澡」的危險。

走險路，下險棋，是一種挑戰。對一個藝高膽大，且有旺盛的挑戰精神的小説作者來説，有時如蘇東坡面對「斷岸千尺，山高月小」的美景時，情願捨舟登岸，「攝衣而上，履巉巖，披蒙茸，踞虎豹，登虯龍，攀栖鶻之危巢，俯馮夷之幽宮。」而不願徜徉在金門的中央公路上。因此，在上卷第九章中，作者便欲擒故縱地，由秋蓮留下的一封「假信」來提高懸疑，並藉杜大哥的一句「剃頭查某無情勝過有情」，來深化那封假信的「真」，使情節再曲折一次。直到第十章裡，秋蓮在時過境遷，沒有危險（老馬已去「天國」多年）的情形下，和盤托出老馬曾經如何佔有她、虐待她的種種，才彌補了「我」在自高雄一別後，到安平重逢時，中間這段無法「親見」的故事。而到了下卷第八章，又不得不藉秋蓮對兒子的一句「不！（故事）在我的提包裡。」把男主角和吳念金無意間在醫院相見不相識，以及爾後由兩人各自所體見的種種遺傳特徵上，似可證明是「父子會」的經過，為後半個故事的重現，做了個「煉石補天」的工作。雖然如此，還是有未竟全功之憾，亦即未能安排使「我」的病情暫時得到控制，以利把故事寫到某個時候，作一正式結束，就比較順理成章。所以，秋蓮到金門的事，最宜用暗示性的虛寫，而不宜見之實際行動。而「我」的生命，也只宜用病況來作可維持數月之久的「預言」。否則，整個故事的結尾，便不可能在「我」手中完成。

任何小說，除有故事的發展外，便是對人物的型塑工作了。塑造人物，不外從容貌（含特徵）、動作、言語等方面下手，使人物的思想、個性、觀念等內在形象清楚地，一點一滴地呈現在讀者面前，使人有聞其聲即知其人之熟悉感。《秋蓮》中的主次要人物有十來個，刻劃得生動的，當首推已赴「天國」的老馬。他的形象，已在前文中見過，不必贅述。而他的登場，確能帶給敏感度較高，且具有世故經驗的讀者，一份「山雨欲來風滿樓」的震撼。也可以說，這個「角頭」一現，秋蓮成為待宰羔羊的命運已呼之即出。

另一方面，小說中主要人物的思想、觀念，實際上就是作者的思想、觀念的翻版。試看，作者對男主角的描繪：一個穿黃卡其制服，服務軍方的戰地平頭青年的小僱員，滿腦子都是「職業沒有高低之分」，大有「能憑勞力賺錢的貓，都是好貓」的傳統家風。因此，他對眼前這個「拿刀」出身的「三八剃頭查某」，就不認為是個「三三八八的阿花」。即使杜大哥提醒他：「剃頭查某，我看多了，無情勝過有情。」他還是堅持自己的信念，認為秋蓮「不像一些三八剃頭婆仔，人人好（很隨便的意思）。」而對於「情義」二字，他相當自信的說：「我像一個無情無義的負心人嗎？」

作者筆下的女主角是怎樣的一個人呢？原來，她是一個農家出身的女孩，國小畢業，左腮有顆小小的美人痣，兩頰有一對迷人的酒渦，很像老牌影星陳燕燕。那年代，臺灣也很窮，有些蓬門碧玉，多走向「拿刀、耍棍，端盆子」（即剃頭、彈子房記分及賣身）這三個特種行業。秋蓮走向拿刀這一行，學了三年四個月，然後在都會打滾，頗有社會經驗。然平日所接觸到的，都是些「差一個字就不叫『純潔』的人」。所以，當她一接觸到那個來自外島的「憨憨傻傻」的「小弟」時，第一個反應就是「金門少年，真古意。」接著，愛「烏」及「屋」，嚮往金門。接著，在喝了點酒後，情願寬衣解帶，為所愛獻身。然後，發出了「我們雖無『恩』可忘，卻都有『義』在身。」的互勉互勵。而經過人生的慘烈波折後，堅守「義」的諾言，教導兒子認祖歸宗，自己也做到了「生是夫家的人，死是夫家的鬼」這份傳統美德。

已很明顯了，作者所要傳達的訊息，全在男女主角身上凸顯了。小人物而能「只見一義，不見生死」，能「義無反顧」去追求人性中的至美，而不沾帶一點世俗，這比空口喊一千個「心靈改革」要珍貴千倍。

文學是離不開人生的。《秋蓮》這篇小說，在現實生活上，有批判，批判了一個「迢遙浯鄉路」的「悲傷年代」；在空靈世界裡，有讚美，讚美了一份祖宗遺傳下來的「古意」。這份「古意」，由帶著一份淡淡的「秋」的哀怨，和「出污泥而不染」的「蓮花」組合而成的「秋蓮」導引出來，歸結於「念金」身上，也就不辜負朱熹老夫子當年在金門講學的深恩厚澤了。

原載於一九九八年六月二十日《浯江副刊》

〔窄門〕所表達的社會問題

谷雨

〔窄門〕不可能是一篇很好的小說，但從這篇小說中，我們可以找出這裡面仍然有一些可貴的地方。

現代小說的趨向，一為社會的，一為心理的，二者若能合併起來而處理好的話，便是一篇很好的作品。因為現代，社會的急劇演變造成人類心理的異常，這就是現代人精神上的特徵。

在〔窄門〕中，「心理的」描述很弱，幾乎沒有；而「社會的」

卻描寫得很好，從這篇短短的小說中，就描繪出現代社會的幾種問題：

第一、男人的不負責任，也是女人的弱點，那就是「懷孕」，未婚的懷孕成了社會的違章建築。所以那位動手術的醫生說：「難道你不認為墮胎要比叫女人去自殺道德多了嗎？」如果以古老的道德標準來衡量的話，當然自殺比墮胎道德，醫生那句正是社會道德演變的縮影。

第二、醫生職業道德的沒落，是任何一個現代社會的普遍現象。從文中醫生的面對金錢和逃避責任就可看出來，他說：「這是上帝的錯，不是我的錯」，之後又把屍體沉入溪底，意圖「滅屍」，這是現代人的不負責任。

第三、新興職業的繁雜：舞女，吧女，咖啡女郎，更有無數的多重身份的人，在這社會上扮演著許多種不同的角色，有的為了生活問題而誤入紅塵，而有的只是為了追求高級享受而出賣肉體，而這類事情也是社會型態所造成的。人類如果仍然停留在農業社會裡，舞女，吧女，咖啡女郎，那麼多的貨色，誰有時間去光顧？空間是罪惡的搖籃，人有工作做，誰也沒有時間去想什麼新的把戲。

第四、工業社會的形成，使許多人失業，又貪圖享受，於是流浪街道，有錢，有吃，有玩的，只要有代價，什麼事都可以做。「窄門」中的主角，為那位墮胎的女人做保證人，代價是「一碗羊肉湯，兩杯生啤酒。」所以當警察問他：「你不知道墮胎有生命的危險，而且是犯法的？」他的回答是：「我沒有讀過法律，只感到肚子很餓。」

像「窄門」文中的女主角，是目前社會問題的製造者，在社會型態急速轉變的情況下，他們是社會的低下層者，社會拋棄了他，他成了寄生蟲，有的人甚至反而破壞這個無法容納他的社會，這樣而造成了無數的社會問題。當他們有錢時，他們吃、喝、嫖、賭，無所不為；沒錢時，又只好製造一些罪惡。

整篇〈窄門〉中，可以說完全是一些社會問題的揭露，這社會是無數的「窄門」，愈深入愈窄，唯一的界限是死亡，但死亡並不見得是底，死亡之後只是一個謎而已，是一個世界的結束以及另一個世界的開始，另一個世界到底怎樣，沒人知道，人只是在猜測而已。

原載一九七三年十月《金門文藝》第二期

談陳長慶的〈鏊〉

凡夫

一

《金門文藝》第二期的小說，有微風的〈立立和她的故事〉、林媽肴的〈誰是那個鬍鬚仔〉、楊筑君的〈蹉跎時光的人〉、陳長慶的〈整〉四篇，以下的文字不算這些小說的評論什麼的，只能說是我對它們的一點看法、觀點或是小小的意見。所以，不敢言評，只是談談罷了。

就純文學的觀點而言，這四篇小說不可能成為很好的小說；但以文學的社會觀來說，卻都是很「守分」的作品。因為他們都給讀者一個很有主題的故事。這些故事在結構意識上提供了社會的一個角落、一個平凡的或不平凡的寫照，或是一件發生在你身邊而被你忽視的事件。也許你就是故事的主角，這不是說你被描寫了，而是說你可能和故事中的人物一樣，有相同的觀念、處境、或做法。錯誤的是，這些觀念、處境、做法都是不利的。所以，在「文學是服務的」及「文學是反映現實、表現人生」的觀點上，這四篇小說已經達到了某些目標，而就這一點已經「值回票價」了。但就小說的題材、結構、主題、人物、語言、及技巧表現：：等各方面觀察，仍是各有長短。我們不必苛求什麼，如果能夠更好的，又何妨合力來開闢一座「文藝花園」，在大家的共同捐力輸血下，使金門文藝茁壯、開花、結果！您以為對不？

現在，我想分別談談這四篇小說，說他們的好，也談他們的缺憾。因為，我們相信作家需要鼓勵，不論物質、精神；更需要批評，不論諫言、濫論。鋪張的鼓勵使人麻醉而失去感覺；平實的諫言卻能激發潛在實力；攻擊性的濫論卻使人厭惡。當然，我的「談」只不過是平穩的、紮實的意見。

五

在「愛美是人的天性」的大前題下，作者藉一件極平常的整容事件，揭發社會現實的醜惡面、人類的膚淺無知，感慨「子不嫌母醜」的不再。在題材選擇上，雖新猶舊，但表現手法卻全然迥異。在〈整〉一文中，作者以低沉的語調，用獨白的形式，寫出為人母之大不易，描繪一幅向世俗低頭的鬧劇，這齣鬧劇正如作者的筆調，低沉而令人慨嘆！

誠然，它不是一篇很感人的作品，卻能引起讀者的共鳴，或取得相當的同情。它是小說，我倒認為它也蠻像一篇散文似的，這是一種直覺的看法，而且只是下意識的第一個感覺。我無意在小說、散文間做太明顯的辯異。胡適曾説過：「表情表得好，達意達得妙，就是文學。」只要能將自已想表達的情意，以最恰當、最能被讀者接受的方法表達，就是好作品。而發自心靈的呼聲，取自生活的主題，像此文低沉的獨白，那種對現實社會的批判，都是讀者極易接受的。提出社會問題，顯示不正確的觀念，以促使社會風氣的改善，是作家對社會的責任。可以肯定的，「整」已表達了此項言責，這也許正是作者所欲表達的主題。

另外，作者所勾劃的整容院內幕，是一種利用人性的弱點，及與現實妥協的心理，進行的一連串敲詐，不誠實、誇張的試驗。情節的終局，無異是給予妥協者一道當頭棒喝：告訴我們，需「整」的是，我們的觀念和心理。

原載一九七四年十二月《金門文藝》第三期

玩票的詩情

——兼評〔慈湖行〕與〔走過天安門廣場〕

金筑

在人生際遇的變換中，會有許多特殊充滿温馨的片段，這些尺寸可能不太大，卻富深度感情的經歷，往往令人一輩子難以忘懷，深烙記憶，在夜靜寂寞的迴景中，反芻出甜甜的滋味，縈繞心靈深處不已。如像童稚時的美夢，初戀的矜持，故鄉的情結，老友的把盞……等，都是難以從心境抹煞的。那怕這些片段，曾有痛苦的折磨，生死的交替，慘痛的經驗，在想像的角度都是美麗非凡，成為描繪人生藝術的特寫。這樣的過往不但令我們難忘，銘刻心版，化為生活中的感嘆，笑談、歌詠，或與朋友作非驕傲的語敘，是永恆的，不褪色的，太美了。

我一生難忘的片段太多了，抽出一帖最難釋懷的畫面，呈現它的姿影，一定會有太多的節奏引起共鳴。那應該是莊嚴神聖不可磨滅的經歷，就是我曾前後二次進駐金門八年。第一次到金門是民國六十一年，那時還在軍中服務，只住了一年。當我得知要調到金門第三士官學校任職時，許多朋友都為我耽心，以為調到金門是「風蕭蕭兮，易水寒」，太危險了。當時雙方戰火一觸即發，兩岸僵持在「單打雙不打」的遊戲規則上。金門是戰地，我的確真有「壯士一去兮，不復還」的心情。第一次聽到砲彈從頭上呼嘯而過，我並不害怕，只感覺非常刺激。我冒著危險，撿拾打過來的宣傳單，看看說些什麼，其實不過如此而已。

此其時，《葡萄園詩刊》的主編文曉村兄也調到金門服務；詩人明秋水兄正主持《今日金門》的編務；現任《葡萄園詩刊》副社長魯松兄在料羅野戰醫院任副院長之職；謝輝煌兄在金防部任幕僚。未到金門之先，以為戰地會更寂寞孤單，無法排遣時日；殊不知群英在戰地相逢，格外熱絡，另有一番滋味。後來認識《金門日報》的副刊主編謝白雲兄，又與文友黃龍泉、陳長慶相識，那時他們都是翩翩少年，居然也擠入作家之列，真令人妒嫉。到了假日，群賢聚集在一起，談詩論文，儼然竹林雅士，特別親切。眾家英雄的相逢，增添愉快的情趣，使金門的文壇熱鬧起來。可惜只有一年就揮別了，然而內心的愛戀，卻朝朝夕夕難以忘記。

第二次到金門是民國六十四年，分發到金門任教，又與詩人郭緒良兄認識，他在政委會任監察室主任，相當忙碌，但談詩論文，精神百倍，通宵達旦。見面總有許多說不完的話，內容都是詩文。有時長慶邀我們到他家小酌一番，仍浸泡在創作的話題裡。真個「酒逢知己千杯少」。每次聚會都是盡歡而散，想不到，到了金門竟是更多彩，情緒更新鮮。長空呼嘯而過的砲彈，多一份寫作的題材，豈是一般人能體會的。

後來長慶在山外主持《金門文藝書報社》（現更名為長春書店），由於經營得法，生意興隆，業務蒸蒸日上。我每周要到山外教會聚會，聚完會，鐵定要到他的書店打個照面，交換寫作心得，看看有何新書上市，見面時間雖不長，打一個問訊，閑談幾句話，情誼更友善，彼此更了解。我在金門任教七年，因此了解長慶是一個誠懇、爽直、重視友情的人，他是一個苦學的青年，對文藝的愛好，有相當的執著，是一個腳踏實地的生意人，也是個讀書人。

民國七十一年我回到臺灣，我們僅在臺北市見面過一次，以後除了保持連繫外，友情在沉默中保溫。每逢過年，他寄來漂亮的賀卡，鞠躬是禮貌的問候。有一年的賀卡他這樣寫道：「證明我沒有忘記你！」溫暖、窩心；我也回函致謝，所謂「秀才人情」是也，心意的密合妥貼美麗。當我訪問大陸歸來，也將心得簡單的向他報告，讓他知道我仍活得還可以。

長慶的散文、小說，二十年前在《金門日報》經常讀到。他的文章情感豐富、技巧清新，對時代的脈動掌握很準確，鄉土的描繪深刻入骨。在此，有關散文小說部分我且不論，只將他的詩作評介。許多有名的文學創作者都有一個共同的現象：就是從詩入門，在詩的圈子裡混了一陣子，發現自己的性向或其他的原因與詩的調子不符而轉向，如像胡適就是一個標準的例子。再如徐訏，彭歌，張秀亞等，太多了，長慶也是其中之一，大概他不願作窮詩人而「情」才另有所鍾，這樣的情形我們都能理解。

我要評的詩只有兩首：一首是〈慈湖行〉；另一首是〈走過天安門廣場〉。前一首發表於《正氣中華日報》，是六十一年十一月四日；後一首發表於《金門日報》「浯江副刊」，是八十五年七月二十日。兩首詩相隔有二十四年之遙。

〈慈湖行〉，這首詩有一副標題——「兼致牧羊女」。從發表的時間來看，顯然的，它不是抒寫桃園大溪的《慈湖》，而是金門的一個風景點，與《雙鯉湖》緊靠在一起的《慈湖》。這個風景點不大，本來不起眼，經過國軍長城部隊的規畫、施工，竟成了名勝之一了。

第一節這樣發抒：

就那麼簡單地為了一個理由
不到慈湖心不死在我腦裡長久地激盪著
源自二杯陳年老酒
……………

作者生在金門，長在金門，可能對開發出來的風景點《慈湖》，還未遊覽過，卻長久嚮往，而致「心不死」，使人想到「不到黃河心不死」，有異曲同工的妙感，這是作者的激情非常純真。

第二節是：

慈心　慈孝　易君左
慈堤　長城　雙鯉湖
夢娜麗莎的微笑遠不及你底美

《慈心》《慈孝》是兩座亭子，由學人易君左先生題名，他是一個講求孝道的人，因這兩座亭子，使《慈湖》文靜秀美。「慈堤」「雙鯉湖」都是長城部隊的傑作，將夢娜麗莎的微笑來誇耀《慈湖》，這是主觀的感受，不過，可以叫人審視出《慈湖》靜態的麗姿是相當動人。作者的筆調刻畫到了深處。

在你柔情的波濤裡
我情願是一條水草

這種感受完全是詩人的情懷。「柔情」與「波濤」看來並不搭調，也不能協和，抑揚的情緒是主觀的反映，旁觀者可能無法領會，微妙的情懷，要深刻的心靈才能產生回響。「我情願是一條水草」，這是詩心柔順細緻的表現，也是詩情的一種展示，給人美麗、可愛的印象。

慈湖　啊　美麗的慈湖
當你底堤畔長滿了青草
我會再來
因為我還未見到那群可愛底羊兒
而牧羊女蟄居何處
怎不見她手持青杖底倩影婆娑

詩情到了最後，迴峰一轉到牧羊女的倩影上。牧羊女是金門的一個女作家，常有散文小說在報章雜誌發表。當年大家都是青春活躍，在飛騰的年代，作者與牧羊女經常彼此切磋，超然的詩情在堤畔逐水草築夢，婆娑的倩影與作者等待的心情，倒成了這首詩的焦點，這是純淨的表現，隨讀者深思忖度，如何最恰當，最妥貼都可以。

另一首詩是︵走過天安門廣場︶，也有一個副標題——「兼致古靈」。天安門廣場是北京故宮前的一個大廣場，幾百年來全國的許多大典、慶祝集會都在此舉行，這個廣場相當的大，初到這兒的人，往往分不清東西南北，本人曾多次到廣場漫步，到現在為止，必須仔細思考才能辨明方向，非怪作者一開頭就說：

走在天安門廣場
怎麼搞不清東南西北
：：：：：
南邊是人民大會堂
（或許是北邊）
東邊是革命博物館
（或許是西邊）

的確，中國太大了，歷史太悠久了，走進天安門廣場就如走入中國的歷史，常常叫人迷失方向。我經常到臺北外雙溪的故宮博物館參觀，當我步入青銅器室，遠古的器物琳瑯滿目，美不勝收；邊欣賞邊讚嘆，又看到甲骨文，再又：：：：因展覽室構思巧妙，轉來轉去，走失在展覽室內，轉不出來了；如進了八陣圖，甚至轉到了入口處，又再轉進去，細察明思，好似轉入線索，耽誤時間，因而懊惱、好笑。感覺中國太久遠，太大了，不仔細思考分辨，會迷失自己，摸不清方向。

那躺在水晶棺裡的老者是誰
那覆蓋著五星旗的老者又是誰
岸的這邊咒罵他是梟雄
岸的那邊歌頌他是英雄
夫子們啊　你們從歷史來　請回歸到歷史
老者已蓋棺　是功　是過
　何以遲遲不下定論

中國的歷史常使人迷失。有的人迷失是不讀歷史，有的人迷失是少讀歷史，有的人迷失是誤讀歷史，有的人迷失是錯誤歷史，有的人選擇自己喜歡的歷史來讀，不喜歡的就揚棄，有的人博而不精，有的人精而不博，有的人戴著特製的眼鏡來讀，有的人是瞎子摸象，有的人俯瞰卻缺知細微，有的人讀中國歷史卻不讀外國歷史，許多英雄豪傑的癥結常在這些盲點上。老者已蓋棺，不錯，不是未下定論，人心早已下定論了；不過，環境尚未走入歷史，還在現實中飄浮，居於現實的考量，群眾未敢直言表達罷了。過去寫歷史大都操在帝王手中，改朝換代，由開國君主左右歷史，像「崔杼弒其君」的史家太少了。像司馬遷那樣的鐵筆也太少了，因此才有「成則為王，敗者為寇」的說法。今天的歷史則不然，一人不能遮天，日本人在寫中國歷史，美國人在寫中國歷史，德國人在寫中國歷史……。這些國家寫的歷史，可以給歷史一些正確的佐證。當年慈禧太后垂簾誰敢批評，誰敢說一個「不」字；今天慈禧的棺木已朽，後人給予無情的鞭屍。因此，此時此刻走入天安門廣場迷失是必然的。

走出天安門廣場
那醉人的容顏讓我不忍心離去
而歲月不再倒數計
決堤的淚水該流向何處
是長江　是黃河
或是遥遠的天國

揮起顫抖的手
想説聲再見也難
別了　天安門
何年何日再擁抱你
這片屬於我們的泥土

作者是一個愛國者，離開天安門時真不知淚水該流向何處？內心複雜矛盾的心情表露無遺，才會「揮起顫抖的手」。的確「想說聲再見也難」。作者的心情是真摯的、沈重的、純厚的，豐富的愛國情操言於詩表，是無瑕疵的赤子之心，太可愛了。

這兩首詩非常純粹，〈慈湖行〉情深而含蓄，真誠而不俗套，是自然的流露，詩句沒有刻意雕琢，掌握了主題的焦點，如果會欣賞略略有點愁緒。此詩也曾在《葡萄園詩刊》四十三期發表，詩人文曉村在該期「葡萄園詩話」中評論為「表現最為突出，是佳作中的佳作」；〈走過天安門廣場〉是作者心情赤誠的坦露，絕不是白痴或者色盲，而是對歷史的憂心，有強烈擁抱故土的意願。這兩首詩寫得很好，可惜長慶寫詩是玩票，不然，詩壇上將會有一顆更閃亮的星星。

一九九六年十一月廿九日於板橋

金筑。著有《金筑詩抄》《上行之歌》等書。現任《葡萄園詩刊》主編。《世界華文詩人協會》理事、《中華民國新詩協會》理事、《中國詩歌藝術協會》理事。

原載於一九九六年十二月廿六日《浯江副刊》

《寄給異鄉的女孩》序

孟浪

作為一個文藝的創作者來說，陳長慶並不是一個勤謹的園丁。然而，在我所結識的一批青年中，陳長慶卻是我最為器重，也是最為關懷的一個。這固然是我對他或者有所偏愛，但實際上，乃是他在短短幾年追求表達心靈意識的文藝創作過程中，他是成長最快的一個。

提起陳長慶這個名字，或許大家都很陌生，但提起舒舒，則在讀者的記憶中，會或多或少的有些印象。他寫散文，寫小說，更寫評論。如果將他的作品稍作比較，以我的觀點來說：他的評論比小說好，小說又比散文好。因此，在一般人的概念中，或許認為舒舒應該是屬於一個思想成熟的「中年人」。然而，實際他乃是一個真正從砲火洗鍊下成長的金門青年，即使是現在也不過才二十五歲而已。以他這樣的年輕，而有如此的稟賦，就不能不令我們對他刮目相看了。

回溯到我認識他的時候，他才不過是十八九歲，那時，我正執掌金門日報副刊編務。當時，我即立下一個原則：一張戰地報紙的副刊，首先應該輔導戰地青年的文藝活動為其前提。因此，我在選稿方面，一方面約請文壇的知名作家撰稿，期冀他們的作品，能夠作為愛好寫作青年的示範；一方面鼓勵青年朋友多多投稿。因此，在眾多的投稿者中，我發掘了許多金門青年，他們都有寫作的先天稟賦，遺憾的是他們乏人指導，並鼓勵他們的興趣，致使他們的才華被埋沒，長慶便是其中的一個。開始他是寫一些小品散文之類的文稿投向副刊，我就覺得他的稟賦特異。因為在他的作品中，不是像一些所謂「現代青年」的作品，談的是什麼風花雪月，說的是什麼無病呻吟；而是一些有骨有肉、有思想，並能帶給讀者力量的作品。就一個初學寫作者來說，假如他沒有一股潛在的智慧和特異的稟賦，是不會有如此的驚人的表現的。

創作散文在陳長慶追求心靈意識的過程中，可以說是僅僅是曇花一現，很短的時間，他就從事小說的創作了。以一般的常情而論，一個小說創作者必須有充沛的生活經驗和豐富的生命內容，才能創作出感人的作品。但是不然，陳長慶他雖然是在戰地土生土長，歷經戰爭與砲火的洗鍊，然而他卻具有豐富的生活經驗和生命內容。這都是他長期從尋求知識的決心和毅力，不斷的鑽研書本而得到的。有一段很長的時期，他把自己隱居在太武山谷的圖書館內，除了工作而外，整天就與書本為伍，並且有系統的去研究有關文學方面的理論、創作。因而，他頗有所獲，一如他說：若不付出痛苦的代價，幸福是永遠得不到的。這是他對人生的一種深刻的體味，使他在人生的旅途中，扮演了一個倔強的追求者，追求他的知識，包括他的愛情。

我們可從他收集在這個集子裡的作品來看，就可獲得一個十足的證明：從量的方面看，這些年來，他所創作的似乎太少了些；但從質的方面言，他成熟的思想似乎已超過他尚未成熟的年齡。有人說：天才是早熟的。或許陳長慶不是天才，但是從他追求知識領域的過程中，他確是付出過很深的痛苦的代價的。

我想，我不必再為本集的作品，再作多餘的解剖。因為，我相信所有讀者的眼睛，一定會比我的更為雪亮，會選擇他們自己所愛讀的作品。不過，我想說明一點，這是長慶的第一個集子，對於他整個的創作生命來說，是極莊嚴而隆重的，就像一個母親孕育她的第一個孩子一樣。因而，當他這第一個集子付印之前，我願為他說幾句話，就算是不成序言的序言吧！

回首來時路

——《寄給異鄉的女孩》增訂三版代序

黃振良

《寄給異鄉的女孩》是長慶第一本結集出版的書，也是我所知道近代金門籍青年以新文學形式撰寫出版的第一本書。該書於民國六十一年六月初版，至今已有廿四個年頭了，作者已由青年進入滿頭華髮的中年人了，令人不得不慨嘆時間之無情吧！

認識長慶於民國五十七年農曆春節，當時救國團金門支隊部透過中國青年寫作協會，在金門辦理一次劃時代的創舉——金門文藝營，地點就在金門高中圖書館的現址，參加文藝營的學員，大部分是當時的金門高中和各國中有興趣於寫作的學生，社會人士很少，有印象的也是年紀較長的，是當時在國小任教的楊天平老師，另外一位就是長慶了。當時最難得的是從臺灣請來了詩人鄭愁予、小說家黃春明、梁光明（筆名舒凡）、任教臺大的散文作家張健（筆名汶津）、聞名國際的金門籍版畫家李錫奇、加上當時正駐守金門的詩人兼散文作家管運龍（筆名管管）、以及蔡繼堯老師的繪畫，師資可以算得上是一時之選。文藝營的研習時間一星期，課程安排除了文藝創作指導，還包括於農曆正月初九登太武山活動、以及成立「金門青年寫作協會」。

寫作協會的成立並沒有為金門的文藝寫作做任何事，倒是由於這次文藝營的舉辦，把一些興趣相同的青年朋友給結合起來，雖然這批人在文藝寫作上沒有多大的成就，但卻由於這些人的參與和努力，得以刺激另一批人的起而代之，對之後金門的文化工作，直接間接的注入一點新血。

至於在文藝寫作的成就方面，長慶算是工夫下得最深，也是最有成績的一位了。《寄給異鄉的女孩》之外，他又出版了第一本長篇小說——《螢》，這樣的成績在當時，確實可以算是一項豐收了。

民國六十二年夏天，我從島外島——烈嶼回到金門，兩個人湊在一塊，別的話暫且不談，第一件事就是籌辦發行《金門文藝》季刊，長慶負責執照的申請（這在當時那軍管時期談何容易？）好在從太武山谷出發的長慶，深諳其中門路，經過幾番波折，終於核發了當時算是金門唯一一張合格的雜誌出版許可執照；我則負責同好的聯絡聚合，這也不是一件容易的工作，當時我以一位教師每月數千元的薪俸，每三個月拿出一千多元支付《金門文藝》季刊的出版經費還出得起，但對幾位無固定職業的季刊社同仁來說，的確也非易事。但在那個年代的年輕人似乎都比較有一份可愛的傻勁，季刊同仁除了幾位教師同仁之外，也有幾位受雇幫人看店、在撞球店記分的小姐都在我們的同仁之列，如今想起，不免感嘆！

《金門文藝》季刊的出版發行，編輯最初由孟浪（謝白雲）協助，我負責封面設計和約稿，後來則整個編務交由我負責之外，長慶負責與廠商接洽排版印刷，我必須每期負責約稿審稿編輯外加寫稿和校對。當時長慶已經離開太武山谷，經營長春書店，我則白天教書上課，利用晚上的時間一起討論刊務，校稿編輯，兩個人雖然忙得很吃力，但都樂而為之。可是過了不久，外間對《金門文藝》發行的批評不斷傳來，潑了我們的冷水，也降溫了同仁們支持的熱誠。

當初我們之所以取名為《金門文藝》，原意是為了能匯集金門所有的文藝同好，出錢出力，共同為金門的文藝創作耕耘，而外人卻以本刊物係「同仁結社，不能代表金門，當然不得掛金門之名為之」。由於《金門文藝》的出版執照得來不易，不甘如此輕易讓它中斷，幾經躊躇，為了使《金門文藝》成為「真正代表金門」的刊物，出版了六期後，我們把它交給了當時旅台的大專學生主持編務，也由他們自行約稿，我們不加任何干預，也不在刊物上發表作品。實際上，後來負責經費的同仁只剩下少數幾個而已，長慶則是出錢最多的一位；要養活一本刊物實在不容易，曾經有一期的內文印刷費支出了四千元，而封面的印刷加設計費則高達八千元之譜，長慶雖然心疼，但他曾說：「總不能讓尚未賺錢的學生做太大的犧牲吧！」由大專學生負責主編的《金門文藝》季刊革新號也只不過發行兩期吧，之後，再改為單張發行兩期就暫時停擺了。

現在看到各種由金門縣政府出版或補助的刊物陸續的發行，本本印刷精美，設計新穎，我們在同感欣喜之外，也曾回首自嘲當時那種不知自拙的無知，但繼而反觀，除了這本不能代表金門的「金門文藝」之外，二十多年來又有那一本是由私人出資印行而足以代表金門的純文藝刊物出現呢？如果不是當年我們的這股幼稚無知不知藏拙的傻勁，恐怕到今天我們除了官方的文化刊物之外，私辦的刊物還是掛零了。

尤其令我感嘆的是，在當年那樣的經濟拮据的環境下，我們可以為了某種可笑的理想，可以省吃儉用自掏口袋辦刊物；而今天，整個社會的經濟環境如此富裕，尚有些寧可吃一餐飯花好幾千元，卻不願拿兩百元買一本好書，還能自許為知識分子的人，令我自嘆：如今所謂的知識分子這個名詞，真的讓我昏眩到不懂該作何解釋才對。

更難得的是：長期埋首於書店生意上的長慶，在睽違了廿年之後，不但沒有被金錢所鏽蝕侵噬，更能從更多的書香中再度奮起，今年再度以一系列的散文（新市里札記），以及一個膾炙人口的中篇小說（再見海南島，海南島再見）博得許多讀者的掌聲，引發了許多共鳴，也因此鼓舞了長慶重排第一本集子《寄給異鄉的女孩》作第三次出版印行的動機。我在共享之餘，更佩服我的這位二十多年的摯友——陳長慶，正如他在「寄給異鄉的女孩」一書中所一再提到的，他是一個只有初中肄業學歷的人，卻是少數可以為某種理想付出代價的人。也因為如此，我才敢冒然的為長慶這本書的第三版寫這篇不算序的序文，就當作是藉此告訴一些讀此書而不知此書作者成長歷程的讀者們，就算是——算是當作一個「引言」吧！

一九九六、十、廿六

頹廢中的堅持

——《螢》再版代序

凡夫

逐字看完長慶兄的《螢》，首先攝入腦海的是，那位曾經宣告「上帝已經死亡」的德國哲學家尼采，他的另一句比較沒有爭議性的名言——「受苦難的人沒有悲觀的權利」。堪稱悲情作家的長慶兄，在《螢》一書中，把他那種受制於命運的頹廢、卻又不甘心被命運擺弄的堅持，表現得淋漓盡致，發揮了他從事悲劇創作的特性；喜歡舒舒（長慶兄的筆名）作品的人，絕不能錯過他這本頗具代表性的力作。

首次見到舒舒是在五十七年春節期間的「金門冬令文藝研習營」，主辦的青年救國團從臺灣請來了當時國內一流的文藝作家——小說家黃春明、梁光明（筆名舒凡）、散文名家張健（筆名汶津，當時任教臺大）、詩人鄭愁予、管運龍（筆名管管）、版畫家李錫奇（祖籍金門古寧頭）擔任講座。那年冬季蠻寒冷的，研習期間團體住宿在金中（現在的「國立金門高中」，當時是「福建省立金門中學」）的學生宿舍，大家都穿上軍服，外加軍人大衣，還是冷得縮著脖子的；尤其是黃春明的特異打扮：頭上戴頂小呢帽，厚厚的大衣口袋裡，隨身攜帶著小瓶裝金門高粱酒，還不時地「哈」上一口，以禦風寒的情景，更是令人難忘。

當時有幾位早已聞名金門文壇的作者也參與研習，他們同時攜帶了創作，當場向名師請益，分析解剖、相互討論地忘了風寒，在一邊旁聽不但受益非淺，也讓尚屬見習生、猶在就學中的的我們，印象深刻。舒舒就是提供作品、參與討論的其中之一。

真正的來往接觸，是在民國六十年後，因常到他的書店裡長時間逗留，幫他書店裡擺放著的書擦擦灰塵，雖然是看多買少，總是結了一段「文緣」。尤其是在《金門文藝》季刊出版後，在前兩期我未曾參與的情況下，舒舒突然放出了一支冷箭——在一通電話之後，托人轉交了一疊稿件，要我繼續編第三期的《金門文藝》。我在突發狀況之下，未及思慮，糊裡糊塗的接下手了。回想起來，也煞是好笑！在此之前，雖然曾和班上同學在窮極無聊時，有的寫稿、有的刻鋼板、有的油印、有的裝訂，出版了兩期名為「光棍福音」的男性的手抄的準班刊，但那只不過是「兒戲」，哪談得上什麼「編輯」的；僅僅那一疊稿件，加上一張字形字體分號表，我居然就連續地編了三期「金門文藝」，不僅好笑，簡直是膽大妄為之極，想想這份「初生之犢」的魯莽，以及後來被人批評為沒有內涵、只會耍弄版面，倒值得「灑脫」一番呢！

當時我只負責編輯工作，和分擔一點兒出版經費；每期都是舒舒把收到的稿件丟下，由我做書面工作——看稿、選稿（講好聽的，哪有多餘的稿好選！）、數數字數、安排先後、編排版面、標題位置或花邊設計、選擇字形及字體大小、目錄一排頁數一數又得一番無中生有了！雖然是「無米」，還是「不炊不行」，不夠的篇幅總得硬著頭皮自己動筆，看少了那類稿件，（那篇評介『寄給異鄉的女孩』的書評，就是這樣誕生的！）總是要填空充數，擺得「五臟俱全」才好，如此折騰個好些個夜晚，才交了個「鐵定不及格」的卷，舒舒還是不忍（敢？）苛求。至於其他的事，我倒是落得輕鬆，就一概不知了。

實在難以為繼了，恰巧兒時玩伴黃克全（筆名黃啓、金沙寒、浯江廿四劃生、浯江廿五劃生，以評論七等生作品成名，現專業寫作。七十一年獲得國軍文藝獎小說類銀像獎——當年的金像獎從缺；今年又錦上添花地抓到了新詩類的金像獎，曾多次獲得新聞局優良電影故事獎、及埔光文藝小說類獎、春暉青年文藝獎助等，多篇作品被選入九歌、爾雅、前衛、希代等各類文學年度選集，結集出版《蜻蜓哲學家》、《玻璃牙齒的狼》、《一天清醒的心》等書）正就讀輔仁大學，是一位有理想、有抱負的青年，比我們這群社友還勇敢、還高理想；在對金門文壇的將來擁抱著「捨我其誰」的夢想下，慨然地承諾一切的負擔——包括全部出版流程及全部經費支出——接下了「金門文藝」的重擔，把《金門文藝》的根延伸到寶島臺灣，出版了「金門文藝」革新一期；他的朋友顏國民又前仆後繼地接手出刊《金門文藝》革新二期、革新三期，他們在《金門文藝》生長歷程中，曾經貢獻了一份心血，這是不可遺落的一頁。藉著《螢》的再版序，補述這段經過，也為舒舒親手催生的另一個結晶——《金門文藝》季刊——補充一段身世。

提起《金門文藝》，舒舒總是眉開眼笑、意氣飛揚的，寶貝的程度絲毫不遜於夫人懷胎十月的愛情結晶。好幾次提及，他總是強調：《金門文藝》只是暫時休刊，它一直是存在的；有朝一日，還會在書店裡跟大家見面的。每次，我總免不了從旁「風扇」一番，也開些長期支票（空頭？），希望《金門文藝》能早日浴火重生，蛻變成為耀眼的鳳凰，為金門文壇、愛好文藝的大眾，提供另一類「金」字招牌！舒舒，這可是你的理想，千萬不可或忘！千秋大業，可是「捨『你』其誰！」（不是喊魚落網噢！）

文藝出版事業，一向被人戲稱為「仇人事業」——跟誰有仇，就鼓勵他去出版雜誌。雖然有些遊戲意味，其實也蠻貼切的，正如俚語所說：「有功無賞，打破愛賠。」一番勞心勞力的煎熬，非但得不到令人「窩心」的期待；總是晴天霹靂，大太陽底下來一場狂風暴雨的多。想當初，一包四十五公斤的白米賣二百元；一期《金門文藝》印刷出來，最少就得花費二十多包白米的艱苦日子都走過了，以今日的生活水準，要培育一份精神糧食，又有什麼困難？

「當然，肯定是沒有問題的。」（誰說的？）

哈哈！（苦笑是也！）

綜觀《金門文藝》的幾番風雨，和《螢》中的情節，有幾分似曾相識：總有幾分頹廢，又有幾許堅持。這份「頹廢中的堅持」，是我對舒舒的《螢》及他一手規畫的《金門文藝》最深刻的印象：《螢》裡面的陳亞白的悲劇收場，不應該再重現現實；《金門文藝》應該是

「好命不怕運來磨」的勇者。讓揮劍重現江湖、老當益壯的舒舒，重展《金門文藝》的第二春吧！讀者們都拭目以待哩！長慶兄，我們做你的後盾！

欣逢《螢》的再版，承蒙長慶兄抬愛，囑為書序。在盛情難卻、又卻之不恭之下，只好冒充「白髮宮女」，濫芋充數一番；是序非序，像序不似序，是為「代序」也。

一九九六、一〇、三一　於浯島「有德居」

時光並未走遠，仍在我們的記憶及文字中

——序陳長慶《再見海南島・海南島再見》

張國治

一、久違了，長慶兄！

盛夏七月十六日回到了家鄉，七月二十日在父親的雜貨店鋪前，端起小椅坐下，就著夏晨早起的陽光溫暖讀著《金門日報》，大略掃

瞄至《浯江副刊》，赫然發現到「陳長慶」兄的名字及其詩作〈走過天安門廣場——兼致古靈〉，初初真是不敢相信啊！久違了，長慶兄！

一句看似平常的俗語，卻是從心的谷底深遠的喊出，該傳遞多少不堪唏噓的往事？「久違了！」這裡意味的不是故人形影久分離重逢的驚喜，而是文學心靈再相遇交剎的美麗與悸動！

一句簡短的問候語，讓我想到民國六十五年第一次邂逅「碧山村」的記憶，讓我在此複記那一段刻骨銘心的少年歸鄉手稿：

「…………。

我來到了碧山正是一個深冬的初夏，你絕沒想到，冷冽的風聲，而我內心卻是溫熱的。在由山外往碧山車子上，從窗子一個角擦出許多塵垢，遙望過去是那一片荒枯，臨島外緣而與大陸故土遙遙相隔的藍藍波浪，還有那些古褐、墨紫色大屋；我也瞧見了那棟廢洋屋，古舊斑剝的靜立在風中，像極了一幅奇異的畫面，古老的嘆息，衰頹的沉寂！

我心彈了一下，碧山！我是一路奔跑過去的，忍不住從各種角度去拍照，透過焦距，歷史歲月的跡線一一掛在那裡。晾掛衣服還輕輕搖動的，廢園輕輕夾雜很多往事，我不知道碧山村是從什麼時候開始了這恬然，遠在島上最荒僻一個角落的遺忘日子；那彷彿是一則神奇。

：：：：：：：：：。」（註一）

那已是民國六十六年八月二十七日再度會晤碧山村的手記了，這一段追記的是前一年冬初晤碧山的情景。結語寫著：「碧山仍然是碧山，它更碧了，遠眺過去都是翠綠的，村子有炊煙開始升起，是午時了，炊煙是不變的往事。」（註二）

是的，民國六十五年冬，重回風的海島，我叩訪許多家鄉的山村，我的心中如供奉神祇一樣，有著一座美麗的山村，返回臺灣的藝術學院裡，我在賃居的畫室裡用了五十號的油布畫起了我心中惦念的碧山山村，此後陸陸續續：：。我拍的家鄉黑白照片，李乾朗先生在他一九七八年元月出版的《金門民居建築》內，一口氣就向我借用了數張，其中就有三張碧山的照片安排在書內，我猜想彼時他也未曾蒞臨過該村，一九八七年我以《在現實與浪漫之間——張國治故鄉金門攝影展》在臺北名人藝廊展出，李乾朗先生向我訂購收藏的分別是碧山與前水頭的黑白老照片。

碧山村叩啓了我在繪畫及攝影創作上一種無可言喻的感動，更是一種啓示及牽引，這種虔敬誠如法國愛克斯的聖維克多瓦山對於保羅・塞尚（PaulCezame）及阿爾鄉的麥田、絲衫、松樹、鳶屋、雜草之對於文生・梵谷（Vincentvan Gogh）一樣有著特別的意義。

七月廿一日，彩戀和錫南賢伉儷及其公子去店裡接我，問我想去那裡玩？我說想去田埔和碧山，由田埔至大地、內洋、東溪再至碧山，已是夏日午后近黃昏了，幸好夏晝陽光長，我們在微温夕暉中拍照，彩戀和錫南遇上了熟識，名字叫陳順德的老師，我愉悦的也和他說了些話，說出了我對碧山村的迷戀和一些因緣，並在手記上記下了陳老師碧山村四十號的住址。

隔兩天，長慶打電話給我，說在碧山村我碰到的那位老師就是他堂弟，碧山村就是他家鄉，他要我多多去那裡寫生繪畫，只要喜歡，可隨時去！

久違了，長慶兄！君子之交淡如水，廿餘年水樣般的友情，我何嘗能想像我心中神祕的山村，竟是舊識友人的家鄉？在這純美淨潔樸實的山村，孕育著砲戰後近三十年來，金門第一位出版新文藝文學集子的一顆早熟種子！

二、他只是把《金門文藝》的棒子交予了更年輕熱愛文學的同鄉！

我心中微波盪漾，也興奮異常，看來以後我告老還鄉繪畫創作也有個落腳的地方了！故鄉人不太善於表達自己的感情，木訥和剛直似乎是許多鄉顏的寫照，風沙、砲火和花崗岩層以及傳統民風、禮俗之壓抑，確切影響到家鄉人對表達情感和事物的方式，不僅友情，親情亦如是。廿餘年來，我除了在山外長春書店，與他匆匆而短暫的交談一些文學出版、一般性的問候或者家鄉瑣碎事外，再也不多話，更沒有機會坐下來靜靜喝一杯茶，暢談星光軼聞、文學中的浪漫情事！因為他一直忙著店面生意。有些年，我兩、三年回家一趟，回家也總得到山外走一走，去長春書店，彷彿蓄意要找的就是我年少執著於文學藝術，追求瘦長而孤寂的身影，及遺落的星光……。

民國六十三年我認識了在金門服兵役的年輕詩人黃進蓮，彼時他和朋友在金門日報《正氣副刊》辦〈詩廣場〉，我在其上發表詩，他後來接辦了第六期《金門文藝》，並策劃為〈詩專號〉他要我拿稿交予一位軍官，那位軍官正是當時《創世紀》詩刊社員的詩人許丕昌，丕昌兄與進蓮兄完成了該期的執行編輯，並於民國六十四年三月一日出版，正式推出，成為金門文藝萌芽發展中一劑強心針，許多年輕的金門高中及旅臺大專同學、服軍職的軍官，政要、服義務兵役的軍中年輕作家、臺灣的新生代詩人……等詩稿匯集其上，內容可圈可點！

而封面由臺灣國立藝專畢業的設計家楊國台精心設計，據說一個封面就花了八千元印刷及設計費，是由許丕昌返臺休假時帶去印刷的！（詩專號）雖然由兩位臺灣詩人完成編輯工作，幕後的發行人則是長慶兄；又據說他一個人出了不少錢。想想，我其實是在那一年才正式認識了長慶兄吧！因為與丕昌見面的地點就是在山外長春書店，彼時招牌是書寫著《金門文藝季刊社》吧！關於（詩專號），我因為迷戀現代詩，無形中也成為介入者，記得那時配合「金中青年社」，我穿針引線也拉了不少同學的詩稿，像林金俊、許坤政、許維民、蔡振念等。

民國六十四年，那年六月十四日我離開了島上負笈來臺唸書，民國六十六年由我總編輯的金門旅臺大專同學會會刊《浯潮》第四期在十一月出版。彼時，《金門文藝》在第六期（詩專號）出刊之後，由於諸多因素，如人員組成、經費問題及受到外界嚴苛批評後，已停刊了兩年多。黃克全透過好友資金贊助及他自己做扛工的儲蓄，與長慶兄接洽《金門文藝》之編輯出版，並定為革新第一期，長慶兄仍為發行人，社長由克全擔任。克全邀我加入執編，除了負責寫稿，我還提供攝影及封面設計。此期開始在臺發行，也許銷路不佳，無法取得成本；第二期便轉由顏國民接辦擔任社長，我是為顧問，負責拉拉文稿，另設榮譽委員二十五人，長慶兄仍為發行人，但此二期經費已不是由他或原《金門文藝》社員負責，他只是把棒子交予了更年輕熱愛文學的同鄉！沒有他及一些早期《金門文藝社》社員的舖路，就沒有我們後來的革新承傳！

隨著《金門文藝》的停刊，也在那些年，我再也沒有看過長慶兄的文章發表：：。我不太願意去揣測長慶兄停筆的原因，那些觸及他內心深處隱痛的人生轉折因素。我高興的是他的歸隊，向金門文藝界叩門回歸，一如當初熱情於文藝的赤子心情，少年的多夢！

三、　啊！一晃竟然廿餘年歲月指隙間溜過了。

長慶兄在電話中除了告訴我碧山是他老家外，他還微怨我沒打電話給他，他說要我去書店結結我寄賣於他書店的詩集，我早忘了在他書店寄售詩集的事，而關於文學、藝術，這些年在金門我常常感覺走得很寂寥，在臺灣我總還有海內外一些朋友，回到家，卻總有知音者稀之喟，隨著早期友人一個個先後歇筆，我感覺失去了一個橫槊賦詩、舞文弄劍的戰場，缺少了互相切磋研磨，甚至可爭吵、抬槓的機會，缺少了那種可以促膝臥談的浪漫之夜！文藝如果失去了那一份痴心，浪漫的想望，還有什麼興味可言！對我，我從不失去一份好奇、探索及質樸之心，也從不放棄詩人美好的想像，豐沛的情感！我敏銳而多感！但我委實不再願意看到《金門文藝》的遲滯沒有發展，或受到漠視！我很難告訴長慶兄我回到家寧選擇人群「退出」，卻從作品「介入」的立場！

再隔兩天，七月廿五日，我帶著我最新出版《帶你回花崗岩島——金門詩鈔·素描集》，一路搭公車到山外長春書店探訪他，並寄賣書，一見皤皤白髮束，臉龐卻依然俊俏的他，不勝唏噓！其實從他身上，我自己又何嘗不是看到已不再是少年十七、八，立在山外《金門文藝季刊社》（長春書店）的我！

啊！一晃竟然廿餘年華歲月指隙間溜過了。如何再去追憶那些似水年華？

四、因為不記，什麼都沒有

他用刀子割下《時報周刊》內朋友為我寫的書介，我說我已經有了。他把它壓在影印機下，請我喝茶，我依舊站立在那擁窄的通道、書櫃檯前，我心想著一些往事，他遞給我兩張千元大鈔，說是賣我詩集的書款，他哪裡賣得掉呢？我知道，這是他對我的一種友情的鼓勵吧！我不拿，他塞在我口袋。他說文學市場不行了，即使九歌、爾雅出版社的書都不行了，他說現在進的每一種文學的書都只有三本，一年也賣不完啦！七0年代文學書在金門很好賣，一次進十本呢！多年以前，長慶店裡開始轉賣的是阿兵哥用品、學生文具、教科書，文學書籍已退居陪襯了！理想隨著歲月幻滅，文學的熱度隨著時代的變遷減溫！而那位失去文憑，蟄居太武山埋首苦讀的文藝青年陳長慶又在哪裡？

因為前幾天才剛讀了他的詩作，當場即感懷的鼓勵他再寫。「你現在小孩都大了，可以寫了！因為不記，什麼都沒有，人生有多少個二十年呢？」我的意思其實也只是一種身為寫作人的經驗吧！當下生活，當下寫作！對寫作者而言，當下不啻是很重要的，當下生活、當下經驗、當下記錄，許多感覺、情緒、記憶是稍縱即逝的，即使隔了一段時空之後，欲再追述，則時空立場又不一樣了，此時變成彼時了。在寫作的經驗中，我就常常會有許多想寫的慾望而沒有立即下筆，而錯過可以發諸為文的機會！人生一些階段也就形成空白、斷層！更重要的是錯過敏銳多感的青少年，誠然更是一大遺憾！寫作此等事，文學史上多少才華洋溢的作家在青少年時即已著作累累立下了盛名。三十而立之後，在現實繁瑣中，想維持寫作熱度，保有敏銳多感的感覺殊為不易！而過了心理學所界定的人生四十信仰危機，欲想寫作，尤其從事較浪漫題材的寫作狀態，更是不容易！

五、他已為金門文藝留下了一個開拓的足跡

對於十八歲即已開始寫作並在故鄉金門日報「正氣副刊」（即今「浯江副刊」）發表散文及小說的長慶兄，他已掌握到了敏銳多感多思的青少年，在他二十五歲出版的散文集《寄給異鄉的女孩》序文中，孟浪先生稱許他是在短短幾年追求表達心靈意識的文藝創作過程中，他是成長最快的一個。然而，孟浪也說：「我們可從他收集在這個集子裡的作品來看，就可獲得一個十足的證明，從量的方面看，這些年來，他所創作的似乎太少了些；但從質的方面言，他成熟的思想似乎超過他尚未成熟的年齡。有人說：天才是早熟的，或許陳長慶不是天才，但是從他追求知識領域的過程中，他確是付出過很深的痛苦的代價的。」然而無論多深的痛苦的代價，誠如聖經上所言：「凡走過的，必會留下足跡。」長慶兄已擎起一把風中的燈，為金門文藝留下了一個開拓的足跡，為自己跨出了文學一大步。繼《寄給異鄉的女孩

》之後，半年之後他又出版了第二本書《螢》的小說集，即已是一九七二年，民國六十一年的事了！

對過了四十不惑之年的長慶兄，尤其是髮鬢早霜的他，（其實他的心很早就老了，在民國六十一年的深山書簡裡，他早已自譬為老頭；深山書簡二——給曉暉內他寫到「雨水從我斑白的髮際落下」；深山書簡四——給谷丹他又寫到「而又有誰能夠理解到一位經年隱藏在深山中的孤獨老者底心緒呢！」睽晤了廿四年，一九九六年他復出的《再見海南島．海南島再見》小說中，他仍自譬為一個孤獨的小老頭，自此可見他內心的自卑和早生蒼老的心境！）也曾有了一段人生極大的空白時期，他反而沒有活在四十之後對人生信仰的危機，卻如赤子之心寫作起來，復出之後的第一個作品竟是走過故國京城廣場之喟嘆！不再是早年的幽人囈語，自艾自憐，是生命歷鍊後的從容，印證了邱吉爾首相所說的「少年的孟浪、銳利、浪漫，中年的沉潛，穩重！」之人生成長分野。

「就從這裡再出發吧！」我在心裡上告訴了長慶兄，這幾年，我在臺灣持續寫作，近三、四年，我陸續寄了一些稿回到金門日報「浯江副刊」上，回饋鄉土，長慶兄的加入歸隊，不啻又多了一支生力軍，使我不再感到寂寥！

六、時光並未走遠，仍在我們的記憶及文字中

這天，他請他的堂弟陳順德老師當司機，還有陳老師的公子，帶我去溪邊看古建築，我們在復國墩「阿芬海鮮店」午餐及飲酒。他取出珍藏多年的 John Walk（約翰走路）威士忌拚命灌我酒，我有些微醺，一直想寫詩給他，卻詩緒茫茫，我望向近處的海岸、漁村、岬岩岸，思緒記憶飄得很遠很遠，後來微醺中我們又去夏興，看老房子找新宅寓居的為論。

我回到了另一個島，然後透過航空每天晚到兩天的故鄉報梭巡故鄉事，照例讀「浯江副刊」，八月二十二日至二十九日我赴日本前橋市參加第十六屆世界詩人會議日本大會，返回臺灣的居家之後，即刻

讀到八月二十七日長慶兄的《新市里札記之一》——〈江水悠悠江水長——寫給李錫隆〉，語言文字表達即使有些生疏，但情感卻十分深刻，尤其提到遠離「浯江副刊」愛恨交織的無奈心情！交織在祖國江輪上遊覽三峽的心情舖寫中，似乎預言了他要抓住兩岸的猿聲啼叫，不叫兩岸萬重山淡去了心志。

八月三十日刊出的《新市里札記之二》——〈木棉花開時〉是寫給我的，讀後我十分感動，加上他寄給我的照片，竟讓我格外珍惜，然而我想寫給他的詩還未揮就呢？我撥長途電話予他，謝謝他，詩還是要寫出來的，雖然我知道我心中早已有一首無言的記憶長河之詩，可供心靈閱讀、咀嚼！但我還是要化為文字的！我自已說過要當下的呀！我更要謝謝他賜予友誼的溫泉——「約翰走路」的老酒。更期待新市里的木棉花開時，他能把它寫成一首詩，寄給我。我的詩也將在記憶中補輟而成！

七、他走出了經營了二、三十年的書店

〈木棉開花時〉之後，他陸續的發表了《新市里札記之三》——〈武德新莊的月光〉，越寫越沉穩，對當年一起走過金門文藝的友朋，除了慨嘆時光之餘，也共同期勉繼續耕耘。果真，他又寫了《新市里札記之四》——〈棕櫚青青致魯迅〉故國之旅，似乎讓他走出了經營二、三十年的書店，廣闊、遙遠的大地也給予了他源源不斷的題材。自此，我們必然瞭解到現實環境對一位金門鄉親子弟，熱愛文藝之青少年的羈絆，生活的經驗、視野及時空的拉距之於寫作為重要的因素不言可喻。果真，他於九月二十四日發表了〈再見海南島・海南島再見〉的中篇小說，寫作的時空拉得更遠了，從一九九五年在中國大陸海南島一場故國泥土之旅開始，記憶拉回到一九七一年三月的金門霧季，時空交錯，敘事穿插，前前後後連載了十二天，每天賺取了不少鄉親讀者的淚水。證之他的小說基本功力仍在，如孟浪先生觀點所說：「他的評論比小說好，小說又比散文好。」只是我未曾看過二十五歲以前長慶兄的評論，不敢妄加論斷。〈再見海南島・海南島再見」之寫作，對長慶兄而言，想必具有特殊的意義，他的小說背景因為取之於身在金門周遭的現場，因而對於金門的鄉親讀者而言，臨場感特別強，加之他小說男主角又清一色姓「陳」，更使人懷疑他的小說無疑就是他自身故事的自傳、告白或懺悔錄，而裡面的人物也常是輟學的青年，自艾自憐學歷之不足，更時而以小老頭自居，是內在自卑而又不敢積極與人生或倫理、傳統社會做叛逆、乖違的善良角色，這樣的小說人物刻劃，其實很自然的聯想到長慶兄在小說人物的塑造上，是否已將自己在現實中的遭遇、成長經驗投射在小說人物的刻劃上，藉轉化、移情作用而治療自己生命中所欠缺，所不能彌補的遺憾！從早期日本廚川白村在《苦悶的象徵》一書中所言，文藝源自於生命的苦悶，可驗證長慶兄寫作的動機及背景！文字實為一種治療！

此處不擬特別解讀該小說的文本。十月下旬，長慶兄告訴我，他將整理最近所寫的詩、散文、小說加上早期的作品做為第三本書的出版，書名就以此篇小說命名，此外，他早年的兩本書亦將重印出版。

在這第三書付梓出版之前，他特別囑咐我寫序，並與我討論書名，他說〈再見海南島・海南島再見〉好不好？我何能置喙呢？這篇小說它已陪伴了我許多下班後清寂的家居夜晚，讓我隨著故事變化而心情起伏！

八、他彷彿出閘的水流，不斷流淌於一向乾旱的金門文藝田疇中

《再見海南島・海南島再見》之後，隔天副刊上發表了他的《新市里札記之五》——〈蚵村掠影向黃昏〉的散文。他的寫作題材已完全生活化，關懷土地之愛、鄉土之情溢於文字內，已完全迴異於早年《深山書籍》內的暝思、多愁、善感，長吁短嘆及部份語言文字的輕飄不實。

之後，他彷彿出閘的水流，不斷流淌於一向乾旱的金門文藝田疇中……。他雖沒有山雨欲來或山洪暴發的氣勢，但卻給我們一份驚嘆號！現在，展讀「浯江副刊」，想一睹長慶兄的文稿，竟成為一種美

麗的期待！

幾位金門的朋友紛紛向我談及他，那天，楊再平在「金門文化資產維護發展促進會」第一次籌備會議後，我們一起離去，一路上，他提到長慶兄覺得他寶刀未老，功力還很好；洪明燦最近舉辦了「平生寄懷——書法水墨展」，打電話予他，他亦然提到〈再見海南島・海南島再見〉是十分難得的作品，寫情寫景皆佳，十分深入。許多朋友的文章，最近在金門日報頻頻相遇碰頭，讓我彷彿又回到了十六歲高中那年開始在「正氣副刊」的戰場！確然我在這訂報的一年中，讀到了許多舊識友人的文章，我很想告訴長慶：「讓我們為金門文藝再開新頁吧！」人生除了現實生活，我們還有夢！而夢是要去實踐的！

長慶兄，在囑咐我寫序的電話中，他頻頻謝謝我曾對他說過的話，他說他一直記得七月二十五日我在他店裡說過的話：「因為不記，什麼都沒有，人生有多少個二十年呢？」「就這麼記住你這幾句話！」他說。

「不記，什麼都沒有！」我都快忘了自己所講過的話。長慶兄在電話中復交待我序文中要寫長一點，多寫一點，寫詩如我，原只要精簡，短短的就好，那向海的漁村酒店內喝酒看海的日子，如一首美好的詩，一頁燦爛的夏日紀事！我想我是該多寫一些的！

九、抱著那款兮夢

在臺灣待了二十餘年，活動於臺灣詩壇、文學界、藝術界也有一段時間了，有時碰到一些在金門服過兵役的詩人、作家，或多或少認識陳長慶；某次，謝輝煌就向我提起二十餘年後重返金門，就先去探視長慶。黃進蓮（改名黃勁連）於第十六屆世界詩人會議日本大會時，和我重逢相聚於前橋市，我們在東急飯店的異鄉夜晚，秉燭夜談的無非就是二十多年相識在金門的舊事，勁連並希望有朝一日能回到金門重溫舊夢。回臺後，我搖電話給長慶兄，轉達勁連問候及思念之情，長慶兄聽後十分高興，十月二日勁連的來信其中一段提及：「汝來批，提起老朋友陳長慶，我亦是非常數念，希望有一工會當去金門揣伊，把酒言歡，唸杜甫兮詩『人生不相見，動如參與商……』，食金門高粱，配金門兮貢糖……，同時走揣我二十年前佇金門兮形影。抱著即款兮夢，我相信有一工，會實現則著。」抱著即款兮夢，是的，我相信有一天，勁連、丕昌、長慶和我及當年《金門文藝》（詩專號）的那一群老友，在復國墩阿芬海鮮店把酒言歡，在碧山村長慶的華宅秉燭夜談，唸杜甫的詩「人生不相見，動如參與商……。」我亦然抱著那款兮夢。

十、 陳長慶是金門本土自發成長的一位文藝作家

長慶兄寄給我的書稿，幾為發表過的印刷影印稿，初無分輯或分卷，然而大抵為新詩、散文（書簡、札記）、小說，或還兼附錄書評吧！作品年代大致為一九七二年（民國六十一年）及一九九六年（民國八十五年），新詩正好這兩年各一首；短篇小說兩篇（一九七二、七三年早期作品），主力則為今年復出後的（再見海南島·海南島再

見〉；散文則輯《深山書簡》五箋，皆為一九七二年作品，另外則是今年的《新市里札記》九帖，截至目前，他尚在繼續發表及書寫，將來收錄於書內的當不止於這些，若依此書諸作觀之，大抵可看出他書寫的體例及特色，尤其是散文的書簡、札記形式，更成為他藉以表達的途徑，將來能否突破此一格局呢？當有待於他的自覺，至於語言文字，相較於今天新新人類的書寫語言觀點及策略，真可謂天壤之別，誠為另一種時空的符碼？遑論另類（The other）之書寫，讀陳長慶那些書簡，真令人有一種隨時空回到二十多年前，在金門文藝界草創萌芽時期所流行的文藝腔，即如《再見海南島·海南島再見》之題或如「朋友，請坐。請坐，朋友。」的句子，（見《新市里札記之三》——〈武德新莊的月光〉）都有二十多年前管管詩中類如「月光，請坐。請坐，月光。」之語言調調，長慶若欲堅持挺下去，則恐必在語言文字表達上詳加琢磨，另賦新詞找新意！就作品解讀可待討論地方恐亦有多處，此不予特別評論，或留待方家詳以發揮。

觀諸金門文藝界在這二十餘年來的發展，相較於臺灣新文藝、現代文學的發展，可說是緩慢、乾旱的，截至目前為止，除了地區寫作人才缺少堅持，我們亦未看到政府關懷注重文藝的發展，積極輔導推展以文藝的心靈充實生活的深度，以島上的文風基礎而言，加上島上多難的歷史，當有許多優秀的文學作品呈現才是，惜今尚看不到一部以代表金門文藝的選集，或一篇金門文藝發展的論文，連田野調查迄無，有的只是印在文友記憶中的寫作人記憶！我深知，金門還是有一些寫作的人零星散佈在海外，臺灣角落或故鄉！如何納百川，回到故鄉源頭呢，恐有待關心金門文藝發展的人士思考！

從這個角度切入，我深覺凡金門人任何一本著作，相關評論、報導，都是彌足珍貴的！需要詳加保留的。

陳長慶是在金門本土自發成長的一位文藝作家，姑不論其作品藝術成就高低，僅就此點而言，就具有特別意義，希望有一天，他也能將作品跨向臺灣、中國及海內外華人文壇綻放文采！

一九九六年十一月廿一日脫稿於
國立臺灣藝術學院工藝學系辦公室

附註：

註一：張國治：《碧山》，收藏於《家鄉在金門——鄉情手記》第一卷：在自己的土地上，臺北耀文文化事業有限公司，一九九三年五月，第六十八－六十九頁。

註二：同註一，第七十頁。

走過艱辛苦楚的歲月

——序陳長慶《失去的春天》

林怡種

「白髮書癡」陳長慶又要出書了，這是屬於他的第四本書，也是封筆蟄伏廿四載春秋之後整裝再出發，繼《再見海南島，海南島再見》又一描繪五十年代軍管背景下戰地兒女情長的長篇故事。

提起陳長慶，這個滿頭白髮，在金門新市里販賣書報的老頭，如果不認識他的人，鐵定要暗嘲他是個不懂掌握生意契機的傻瓜蛋，因為，金門剛褪去四十幾年的軍管外衣，門户突然敞開，台金班機一位難求，觀光客絡繹於途，大家爭先恐後希望揭開戰地神祕的面紗，這麼千載難逢的好商機，腦筋動得快的人，無不紛紛改行分食觀光大餅，甚至連一些書店的老板也不例外，爭相改頭換面開旅行社賣機票或擺電玩，一夕之間，很多人摇身一變成為飯店、旅遊公司的董事長，不但賺錢輕鬆愉快，且成為處處受人敬重的「社會人士」，只有他傻呼呼地守著二十餘年的老店，每天大清早即開門營業，對每一個向他丟銅板買報紙的人哈腰作揖，賺取蠅頭小利養家活口，兼作撒播文化種子的白日夢，自得其樂！

幸好，認識他的人，都能輕易地從他那一絲絲白髮找到智慧的脈絡，也能從他臉龐上鏤刻的皺紋讀出一頁頁歷經戰亂、飽嘗挫折的滄桑，從而清楚地發現，陳長慶真的為書癡狂，畢竟，在這物慾横流、金錢掛帥的現實社會裡，他賣書、他讀書，他寫書，儘管賣書收入有限，文稿不值錢，還要課稅，加諸文學創作之路既長且遠，像苦行僧踽踽獨行，想致富比登天還難。然而，他認為古往今來，多少財通四海的達官巨賈，都先後在時光的洪流中化作飛灰煙滅，既使有人一個早上能賺進一千萬，而遲早有一天縱然花一千萬也買不回一個早上；因此，一個人以有限的生命去追逐一身銅臭的物質享受和尋找滿室書香心靈的快樂，兩者之間的選擇，陳長慶顯然選擇了後者，他真的是很傻，卻傻得有一點可愛！

其實，我所認識的陳長慶，並沒有什麼顯赫的家世背景，更沒有傲人的學歷，認真地說，他和我一樣，同樣出生在窮苦的農村——唯一不同的是我比他晚生幾年，幸運地搭上延長九年義務教育的首班列車；而陳長慶，在國共軍事對峙、烽火漫天的年代，好不容易考上砲戰後剛復校的金門中學，而僅僅唸了一年初中，就因家貧學費無著而輟學。那個時候資訊貧乏沒有電視，軍管體制下也不能擁有收音機，憑恃著一股強烈地求知慾望和不服輸的信念，念茲在茲地，那怕是在路旁撿到一張舊報紙，或一本殘缺不全的舊書刊，在在如獲至寶，愛不釋手地詳加研讀，雖然，環境所迫不能在學堂上接受老師正統的傳道、授業與解惑，惟有自個兒日積月累的學習，果然，「有志者事竟成」，幾年之後，出自陳長慶筆下的散文或小說，一篇篇躍登國內各大報刊雜誌，也因此，在二十五歲那年，一個沒有正式文憑，只有自修苦學的年輕人，一口氣結集出版了二本屬於自己的書，在戰地金門文壇傳為奇談。

所謂「學，然後知不足！」愛書成癡的陳長慶，為了讀書，讀更多的書，他索性辭去軍中雇員的職務，開起書店，讓家成為「社會大學」，每天清早開門做生意，也同時面對數萬冊各類書刊，無拘無束地沈浸在知識浩瀚的大海裡。

值得一提的是，剛開始賣書的日子，陳長慶即立誓「充實自我」，暫時封筆不再寫作，想不到歲月悠悠，一霎眼，二十四個寒暑不知不覺地溜逝了，經過漫長歲月的韜光養晦，千錘百鍊，陳長慶寫作的技巧，臻至爐火純青的境地，無怪乎抓起筆來，輕輕一揮灑就是一篇十六萬餘言文情並茂的長篇文學作品。

有幸，能陪《失去的春天》一書渡過「陣痛期」；更有幸能成為第一個讀者，尤其，陳長慶以慣有的第一人稱寫法，讀來特別讓人容易溶入故事情節，彷彿自己就是主角，隨著喜而手舞足蹈，跟著悲而黯然垂淚。

當然啦！真的故事不一定感人，而感人的故事不一定為真；畢竟，「真真假假亦真，假假真真真亦假」，故事是真是假並不重要，重要的是《失去的春天》每一個情節，讀起來都讓人有真的感覺，何況，字裡行間，不難讓人清楚地看見一個五十年代的金門青年，刻苦耐勞，孝順父母，講義氣，重感情，儘管三十年後年華老去，時空背景丕變，他對故土家園依舊念念不忘，對往日情懷仍然依依不捨，因而才有《失去的春天》一書的誕生，陳長慶透過圓熟的寫作技巧，帶領讀者重溫一段失去的記憶，重遊往日金門風景名勝，品嚐浯島風土民情，《失去的春天》一書章章賺人熱淚，值得細細品讀。

一九九七年六月於浯島洋山

太武山谷訪舒舒

朱星鶴

選了一個美好晴朗的日子，我作了一次太武山谷之遊。

記得剛到金門的第二天（六十年十一月廿九日），我便在「正氣副刊」讀到舒舒的「太武散章」之一——荷塘小語，以後，每隔若干時日，「太武散章」便陸續在「正氣副刊」刊出。於是，太武山谷的朝曦夕暉，明月清風，對我簡直成了一種最大的誘惑，而舒舒的名字也就在我的腦海裡越嵌越深。

想像中的舒舒該是一個蒼白著臉，瘦瘦弱弱的「小」大男孩。果然我的猜測不錯。雖然他的臉色並不蒼白，而且紅潤，但他確是「纖細」了些。白皙的臉龐上架一付淺度近視眼鏡，斯斯文文的，很有靈氣，也很清秀。

舒舒本名陳長慶，今年廿歲，寫作的時間僅只一年。誰也不敢相信，一年的筆齡竟然能寫出如此幽美的散文和風格清新的小說。我不太相信「天才」，但我很看重「天分」。一個生而只會挖泥坑的人，硬要他去拿彩筆，塗畫布，那無異叫笨驢推空磨，使盡力氣，白費工夫。舒舒是一個天分很高的人，「悟性」很強，你祇要稍一指點，他便能心領神會。他讀書不多，只初中肆業，見識不廣，沒離開過金門，但這並不影響他的求知與上進，更絲毫無損於他創作的才華。沒有人指導，他就從閱讀中去學習，去摸索；沒有太多的錢買書，他就發狠的跑圖書館。舒舒何其有幸，他工作的環境不但非常幽美，而且與戰地唯一規範最大藏書最豐的明德圖書館毗鄰。這座圖書館就像一座知識的寶庫，而舒舒恰像一個淘金的人，把所有工作以外的時間全部投資在這座金礦裡，日夜挖掘，辛勤耕耘，而太武山谷的如畫風光，更孕育出他豐富的靈感，啓發了他敏捷的文思，於是，在短短一年裡，他竟寫下了近廿篇創作，有散文，有小說，間或也寫一些新詩。

一年以來，舒舒的作品可說一篇比一篇有進步，從〔秋風譜成的戀曲〕到〔勝利的微笑〕，他試著用幽美的散文筆調來寫小說，雖然寫得不算太成功，但在戰地青年文友中，也可算是個中翹楚了。從〔太武散章〕到〔雨天，我想起；南方來的那姑娘〕，他又在散文中灌進了詩的韻律與音樂的美感。讀這些作品，就像聽山澗的清泉，使你感受到一種說不出來的清新和舒暢！

舒舒有一個很美滿幸福的家庭，在七兄妹中他是老二，也最得父母寵愛；在學校裡，他是個用功的好學生；在社會上，他是個誠樸的好青年。凡是認識舒舒的人，都喜歡和他接近。他謙虛，忠厚老誠，只是有點木訥，還似乎有點害羞。總之，你無論從那一方面去看，舒舒都還是一個涉世未深、很純樸很純潔的「小」大男孩。

由於家境不十分好，舒舒初中肄業就無力升學，小小年紀便挑起一付生活的擔子，擔子雖沉重，但舒舒並不軟弱，他勇敢的面對現實，面對艱苦。這些年來，他一直在金門防衛部福利部門擔任一項領班的工作，別看他小小年紀，手下卻管理著許多比他年長的職工，對於這份工作他不但勝任，而且十分愉快。

工作不算太忙，於是，他有更多的時間充實自己。因此，在他碧山的家裡，在他服務機關的宿舍中，床頭案上，擺滿了買來的、借來的、以及朋友們贈送的各種各樣的書刊，偶而他出來看一場電影，手邊也總不忘記帶一冊《北窗下》或《薔薇煩》，或許他是太喜歡張秀亞女士的散文，他的作品也深受張秀亞的影響，文筆絀緻而帶有濃厚的感情。不過，我們希望舒舒不要只學習一二人的作品，要把閱讀的範圍擴大，從各種不同風格的作品中去擷取別人創作的經驗，這樣才能擴大自己寫作的領域，也才能創造出一條代表自己風格的路線。

誠然，舒舒的作品還不夠成熟，但我們不要忘了，他才廿歲，只寫了一年，有如此成就已相當難能可貴了。如果他努力十年，再寫十年，以他現在的虛心好學，以他現在的勤奮用功，十年後的舒舒定將有可觀的成就，且讓我們拭目以待吧！我們也願以此作為對舒舒的鼓勵和祝福！

原載六十年十二月二十日《新文藝副刊》

明月幾時有

——寄陳長慶

楊樹清

在遙寄臺北九五八五公里的北美西岸，讀你在浯江副刊的《新市里札記》，成了我在異國歲月裡的另一種鄉情慰藉。十月二十七日那篇〈同在一輪明月下〉，品讀再三，一些熟悉的人情事物隨著你的筆墨浮現而出。有筆如刀，幾分瀟灑，竟也含了幾絲「明月幾時有」的悲愴感。

這些日子以來，或許是換了一個國度，每天與陌生的環境對話，生活不再喧嘩，反而較能夠在孤獨的層面自我欣賞。讀你二十年後才又「復活」的文學筆，說是一種驚蟄吧！對我而言，它遠比方才從CNN頻道看到柯林頓打敗杜爾所發表的當選美國總統演說要來得接近心靈多了。很難想像是因七月一趟「祖國」之旅，顛覆了你的思維？光芒重現，反射的結果，楓丹嫣紅、白露乍醒，文學園地的逃兵如我，今在楓葉國，也忍不住要重新試筆，到底要看看自己的文學種子能否再次萌芽，期待新綠昂揚？或者，自此埋入土堆，宣佈死亡。

我常會念著一九七八年的金門。那年我十七歲。每天戴著大盤帽，在東社站牌等著首班「經機場」公車，一路到山外，到太湖畔的高職部求學。放學時分，排路隊沿著新市里到了山外車站搭車的途中，我會一個偏身，踏入你開設的「金門文藝書報社」（長春書店前身）內。沉浸在跟教科書很不一樣的書香裡。你我的年齡雖差了一輪，卻因著一方書香天地，彼此建立了「煮茶論藝」的忘年之誼。不是嗎？

因著一方書香天地，彼此建立了「煮茶論藝」的忘年之誼。不是嗎？那段青澀年代，你將你創辦的《金門文藝季刊》，也把胡秋原的《中華雜誌》介紹給我；把二十五歲即凋逝的《梁遇春散文選》、何懷碩的《苦澀的美感》、《傳薪火》……一本一本往我書包裡塞。當然，我也眼尖地從書架底層翻出你於一九七二年由林白出版，你卻視之為「非賣品」的兩本著作：《寄給異鄉的女孩》和《螢》。從而知道你二十六歲就有小說集問世了，並且有一個很詩意的筆名：陳亞白。以及一些屬於島鄉與異鄉的文學私藏祕密。

一九七八年夏到一九七九年秋，我僅有的一小段大盤帽生涯可謂「慘綠」。如果還有一點趣味，當係建立在放學時分逗留在你書店，抓住夕陽紅的那一點美好。一些島地文友的識得，一些精采筆名的串連：「江小魚」楊天平、「古靈」李錫隆、「凡夫」黃長福、「榆林」林怡種、「卿雲」王建裕、「望參」許丕達，以及當時的「浯江二十四畫生」黃克全等，也盡在你的書店交會，互放光芒。

一九七九年十月，我提早掙脫了大盤帽，告別金門，航向南台。

少年辭鄉之情，一如阿德的歌「船緩緩的靠港，離家很遠了吧，我想。站在迎風前行的舺板上，我的心中只是一片的茫然，離開了傳說中的戰地天堂，所有的孩子，不懂自己將飄向何方，隱藏在心中的夢想，是一種宿命和生存掙扎的背叛：：」十七年前是怎麼離開的，情節已然忘卻；沒來得及跟你道別，仍然記得。

省略了離鄉以來的情情事事。從一九七八年到一九九六年，我不再是在太湖畔、新市里迎接晨曦、追趕斜陽的十七歲青衫少年。三十四歲，切成兩半，之於我，今年正好，一半在金門度過，一半從臺灣走過。對待文學，一九八七年出版散文集《渡》迄今的十年間，我不再寫過一篇「純文學」。一九九三年五月三十一日晚，中廣青春網「四季人生」節目，主持人羅懿芬邀我上現場「作家談故鄉」，並接受 Call in，其中兩通電話來自鄉親，白嫣嫣（白梅）在線上說起「還記得十四、五年前，你到過金城鳳翔新村，並在金門日報副刊上寫了篇《鳳翔初履訪白梅》，嗨，我就是白梅！」另一通是在臺中念大學的「亞亞」打進來的，「讀過你的《渡》，但是《渡》之後，再也沒有看過你提筆創作了，能否回答我，何時能再見到你的文學作品？」這兩通電話，讓我在深夜離開電台走向家的路上，一度激起「文學心靈」，伏案之餘，卻又猛然驚覺，文學之筆難再！

　　驛馬星動，重拾文學心的一九九六吧。現在的我，暫時拋開了糾糾結結的金門情事，也遠離了臺北的紅塵煙囂。來到北美匆匆五個月。我又背起了書包，每天趕著大早的電車到加拿大的西岸語言學校作英文國度的「小學生」，也在加拿大英屬哥倫比亞大學亞洲中心進行沒有學位的「多元文化」進修計劃。

　　身處在多種族多元文化的國度裡，西潮對自詡很「本土」的我，沖擊力不言可喻。但相對的，「本土感」在西方的土地上反而益形深化。這種奇妙的感覺，反映在自家鄉航空寄來的報紙中，讀到你的《新市里札記》系列篇章，從〈江水悠悠江水長〉、〈木棉花開時〉、〈武德新莊的月光〉、〈秋陽照慈湖〉、〈千楓園裡楓葉飄〉、〈在小徑南端的斜坡上〉：：，及至札記以外的〈再見海南島·海南島再見〉、〈同在一輪明月下〉，二十年後，你再度策馬入林，所踩踏的，豈止於新市里？所騷動的，又何止是浯江水？我在北美的「文學心靈」，也因為你，發生了漣漪效應，滋生了一些酵素。

明月幾時有？是的，走過從前，我們同在一輪明月下。

一九九六年十一月六日凌晨・自加拿大英屬哥倫比亞大學傳真

原載一九九六年十一月十日《浯江副刊》

作者年表

一九四六年　民國三十五年

八月生於金門碧山

一九六一年　民國五十年

六月讀完金門中學初中一年級因家貧輟學

一九六三年　民國五十二年

一月任金防部福利單位雇員，暇時在《明德圖書館》苦學進修

一九六六年　民國五十五年
三月第一篇散文作品〈另外一個頭〉　載於《正氣副刊》

一九六八年　民國五十七年
二月參加救國團舉辦《金門冬令文藝研習營》

一九七二年　民國六十一年
五月由福利單位會計晉升經理，仍兼辦防區福利業務
六月由臺北林白出版社出版《寄給異鄉的女孩》初版一刷　文集
收一九六六——七一年作品，散文、小說、評論　各十篇
八月由臺北林白出版社出版《寄給異鄉的女孩》再版一刷　文集

一九七三年　民國六十二年
二月長篇小說《螢》　載於《正氣副刊》
五月由臺北林白出版社出版《螢》初版一刷　長篇小說

七月與友人創辦《金門文藝》季刊，擔任發行人兼社長，
撰寫發刊詞，主編創刊號
九月行政院新聞局以局版臺誌字第〇〇四九號核發
金門地區第一張雜誌登記證，時局長為錢復先生

一九七四年　民國六十三年
六月自福利單位離職，輟筆，經營《長春書店》

一九七九年　民國六十八年
一月《金門文藝》革新一期由旅臺大專青年黃克全等接辦，
仍擔任發行人

一九七四年——一九九五年　民國六十三年——八十四年
創作空白期

一九九六年　民國八十五年
七月復出
新詩〈走過天安門廣場〉　載於《浯江副刊》
八月散文〈江水悠悠江水長〉　載於《青年日報副刊》
九月中篇小說《再見海南島　海南島再見》　載於《浯江副刊》

一九九七年　民國八十六年
一月由臺北大展出版社出版發行三書：
《寄給異鄉的女孩》增訂三版一刷　文集
《螢》再版一刷　長篇小說
《再見海南島　海南島再見》初版一刷　文集
三月長篇小說《失去的春天》　載於《浯江副刊》
七月由臺北大展出版社出版發行
《失去的春天》初版一刷　長篇小說

一九九八年　民國八十七年
一月長篇小説《秋蓮》上卷〈再會吧，安平〉載於《浯江副刊》
五月長篇小説《秋蓮》下卷〈迢遙浯鄉路〉載於《浯江副刊》
八月由臺北大展出版社出版發行三書：
《秋蓮》初版一刷　長篇小説
《同賞窗外風和雨》初版一刷　散文集
《陳長慶作品評論集》初版一刷　艾翎編

國家圖書館出版品預行編目資料

陳長慶作品評論集／艾翎主編
－初版－臺北市，大展，民 87
面；　公分－（文學叢書；7）
ISBN 957-557-867-8（平裝）

1.陳長慶－作品集－評論

857.7　　87011247

陳長慶作品評論集　ISBN 957-557-867-8

主　　編／艾　　翎
校　　對／陳　嘉　琳
發 行 人／蔡　森　明
出 版 者／大展出版社有限公司
社　　址／台北市北投區（石牌）致遠一路 2 段 12 巷 1 號
電　　話／(02) 28236031・28236033
傳　　真／(02) 28272069
郵政劃撥／0166955—1
登 記 證／局版臺業字第 2171 號
承 印 者／國順圖書印刷公司
裝　　訂／嶸興裝訂有限公司
排 版 者／千兵企業有限公司
電　　話／(02) 28812643
金門總代理／長春書店
金門縣新市里復興路 130 號
電　　話／(0823) 32702
郵政劃撥／19010417　陳嘉琳帳戶
法律顧問／劉鈞男大律師
初版 1 刷／1998 年（民 87 年）10 月

定　　價／220 元